W0318464

Collection

souris
histoire

dirigée par
Françoise Mateu

L'auteur

Philippe Barbeau est né à Blois en 1952
et vit encore aujourd'hui sur les bords de la Loire,
aux portes de la Sologne.
Instituteur spécialisé pendant plus de vingt ans,
il tente maintenant de vivre de l'écriture
et de son autre métier : conteur. Il se passionne
en effet pour les histoires, qu'elles soient de papier
ou de parole. En créer lui procure de grands
bonheurs... même s'il le fait rarement avec facilité.
Il aime aborder tous les genres
(romans contemporains,
contes, BD, nouvelles policières).

Du même auteur

- *Cornes d'aurochs et poils de yack*
- *L'Odeur de la mer*
- *Accroche-toi Faustine*
- *Un sprint pour Marie*
- *L'Année rase-bitume*

Flammarion/Castor poche

- *Le Chat de l'ombre*

Milan/Zanzibar

Philippe Barbeau

La guerre d'Éliane

Illustration de couverture
Claire Nadaud

souris histoire

SYROS
jeunesse

Catalogage Électre-Bibliographie
Barbeau, Philippe
La guerre d'Éliane. – Paris : Syros, 1998. – (Souris. Histoire)
ISBN 2-84146-526-8
Dewey : 811.5 : Albums et fiction. Romans. Aventures et voyages
Public concerné : Bons lecteurs (à partir de 11 ans)

À ma mère,
À Josiane et Georges Bernardin.

« Pourquoi les jours de gloire
Que d'autres auront payés ? »

Jacques Brel
La Colombe.

1

Le village de Verzenay groupait ses maisons sur les premières collines de la Montagne de Reims, au sud de la capitale de Champagne. Dans son dos, véritable chevelure végétale, le manteau foisonnant de la forêt s'étendait sur des dizaines de kilomètres.

Les vignes alignaient à ses pieds la régularité artificielle de leurs rangs pour tisser une nappe verdoyante vers les premiers bâtiments de la grande métropole. Certaines grimpaient au moulin qui, sentinelle immobile, tendait sa silhouette noire sur le ciel sans nuage. La terre nue apparaissait çà et là, blanche, si blanche sous le soleil de juillet, comme un chapelet de cicatrices qui ne voudraient jamais s'effacer.

Une Renault arrivait de la nationale. Elle se glissa au cœur du village qui semblait vidé de ses habitants, assommé de chaleur. Sans hésitation, elle bifurqua à droite pour se garer à l'ombre de la cave coopérative endormie. Des passagers en descendirent : un couple, leurs trois enfants et une vieille femme, Éliane, la grand-mère.

– Tu viens, Mémé ! cria la petite sitôt le pied à terre.

Brune, âgée de quatre ou cinq ans, elle avait le regard rieur.

– Doucement, ma Poison. Doucement. Me faut du temps pour me dérouiller.

« Poison. » Quel drôle de mot pour sa propre

petite-fille. Éliane nommait ainsi celles qu'elle chérissait. Pour elle, « Poison » était chargé d'un immense amour et tous le comprenaient. Il cachait aussi une détresse qu'elle n'avait jamais révélée.

La vieille femme avança, le dos voûté, les pieds traînants. La fillette lui donna la main. Derrière le reste de la famille, elles traversèrent la route pour entrer dans le cimetière. Éliane serra alors la main de sa petite-fille plus que de coutume.

– Eh ! chanta la fillette. Je vais pas me sauver.

La grand-mère esquissa un sourire.

– C'est pas ça, ma Poison. C'est pas ça.

Comme chaque année, depuis pourtant si longtemps, Éliane éprouvait la même angoisse, la même pointe au cœur, la même douleur, quand elle passait cette porte.

Si Verzenay était silencieux, son cimetière l'était encore plus et nul bruit ne venait déranger la quiétude de l'endroit, pas même le chant des oiseaux ni le murmure de la nationale, quand le vent s'établissait au nord-est.

La famille rejoignit directement le monument aux morts, au milieu du cimetière.

Trente-huit tombes étaient alignées sur plusieurs rangées, à proximité de la stèle de pierre où figuraient les noms des enfants de Verzenay morts pour la France. Trente-huit tombes. Celles des soldats qui montaient encore et toujours la garde. Pour l'éternité.

Éliane passa devant puis revint. Finalement, elle s'arrêta au pied de la quatrième de la première rangée. Une plaque fixée sur la croix rappelait l'identité du malheureux en lettres noires sur fond beige :

PRUDHOMME JOANNÈS
30e R. A.
MORT POUR LA FRANCE 3.7.1916

– Papa ! souffla Éliane, comme pour réinventer un passé si lointain.

Elle leva la tête. Là-bas, au-dessus d'elle, en haut de la colline mangée de vignes, elle distingua la silhouette du moulin, sinistre corbeau veillant sur l'ancien champ de bataille.

Joannès devait la voir. Ou plutôt, il devait l'imaginer car, à l'époque, il ne restait rien du moulin. Il n'y avait plus rien ici. Plus d'arbres, plus de vignes et un village en ruine où seules une ou deux vieilles femmes habitaient encore, refusant de quitter ce qui avait été toute leur vie. La campagne n'était que trous d'obus, moignons de troncs, tranchées et terre retournée, convulsée, révulsée. Cette terre si blanche sous le soleil de juillet.

Éliane se tourna en direction du fort de la Pompelle qu'elle devina près de la nationale. Dépassant tout juste de la plaine, des drapeaux nationaux le signalaient. Il était toujours là, monstre de pierre, de galeries et de casemates, tapi, aux trois quarts enterré, faisant le dos rond, comme si les coups le frappaient encore. Seul survivant des six forts qui défendaient Reims autrefois, il était devenu musée de la guerre de 14-18. Celle qu'on appelait la Grande Guerre.

– Grande, gémit Éliane. J'aurais jamais voulu être grande...

3 juillet 1916.

Le soldat Joannès Prudhomme venait du fort de la Pompelle et tentait de gagner le moulin de Verzenay. Il avait hâte de porter son pli au poste de commandement. Les gradés prétendaient que le temps était calme, que les Boches se tenaient cois.

– On voit bien qu'ils sont pas dans les tranchées !

Joannès se trouvait encore loin du but. Ça explosait un peu partout autour de lui. Les Allemands prenaient un coup de sang. Il se rappela certains de ses précédents voyages, quand il avait échappé par miracle aux éclats, quand il avait dû enjamber les corps de ses camarades morts, sans même leur jeter un regard, avec une seule idée en tête : sauver sa peau.

Soudain, une explosion, une gerbe de feu, de terre et de fer. Puis une immense douleur dans le bas-ventre.

La violence du choc avait projeté Joannès à terre. La douleur s'accentua au point de devenir intolérable. Le soldat sentit la vie lui échapper.

Il se remémora Mondoubleau. Sa famille défila devant ses yeux. Il tenta de s'y accrocher par de vains mots :

– Mérine... Lucienne... Marcel... Éliane... Éliane, sois grande maintenant... Y faut... Pour moi... Pour Maman... Pour tes frère et sœur... Grande, Éliane, grande...

De nouveaux obus éclatèrent à proximité. Peu à peu, la terre blanche de Champagne absorba Joannès Prudhomme, soldat du 30e régiment d'artillerie.

MORT POUR LA FRANCE.

Éliane n'aurait jamais voulu être grande.

2

En cet après-midi du 1er août 1914, Éliane regardait les vairons filer dans l'eau de la Grenne, la rivière qui baignait les pieds de Mondoubleau, chef-lieu de canton, au nord du Loir-et-Cher, dans le Perche.

Les maisons du village se groupaient autour des vestiges du château médiéval, dont il ne restait plus guère qu'une tour très endommagée. En haut de la colline, presque en cercles concentriques, se trouvaient les plus vieilles. L'agglomération s'étirait vers la Grenne par la rue des Moulins, en direction de Saint-Agil. Les deux tanneries se dressaient sur les bords de la rivière. Une à droite, l'autre à gauche, tendant leur cheminée de briques rouges vers le ciel. La gare était encore plus loin, à l'écart du bourg. Deux réseaux la desservaient : la grande vitesse, ligne à voie large reliant Paris à Bordeaux, et la petite vitesse, un tramway à voie étroite qui filait vers Vendôme.

Les vairons fascinaient Éliane. Ils virevoltaient à la recherche de nourriture. Et ils en trouvaient avec ces déchets de chair que les ouvriers de la tannerie Lublineau, en particulier les écharneurs chargés du nettoyage des peaux, ne manquaient pas de laisser tomber à l'eau.

Mérine, la mère d'Éliane, n'appréciait pas que sa fille vienne là. Surtout en aval de la tannerie, au pied du pont. C'était dégoûtant, prétendait-elle. Mais Éliane s'en moquait. Elle aimait trop jouer avec les vairons. Armée d'un bâton, elle modifiait leur course, les obligeait à dessiner de nouvelles figures. Et puis il faisait si chaud. Près du pont, elle était au frais.

– Qu'est-ce que tu fais encore là, Éliane ? gronda une voix au-dessus d'elle.

Éliane leva la tête mais le fit sans crainte. Elle avait reconnu la voix, celle de madame Cousin, que tout le monde au village appelait Mémère Cousin.

Une bouille ronde, souriante, coiffée d'une câline*, Mémère Cousin était la plus proche voisine des Prudhomme. Âgée de plus de quatre-vingts ans, la vieille femme habitait l'autre maisonnette, à côté de la tannerie.

Éliane se hâta de la rejoindre en s'agrippant à la végétation.

– Fait chaud aujourd'hui ! gémit Mémère Cousin. J'aime pas la chaleur. Tu aimes, toi ?

* Simple bonnet de toile blanche attaché sous le menton par un fin ruban.

Éliane répondit par un sourire.

– Évidemment, constata Mémère Cousin. Tu aimes tout, toi, même les vairons, ces horribles poissons qui se gavent de viande pourrie. Allez, viens ! On va donner à manger aux lapins. Eux, au moins, ce qu'ils mangent, c'est propre...

Les deux mains se joignirent et, lentement, la fillette et la vieille femme, panier au bras, retournèrent vers les maisonnettes.

Quelques instants plus tard, elles vidaient le contenu du panier dans les clapiers. Éliane aimait les gros lapins mais pas les petits. Elle leur trouvait trop de ressemblance avec des souris. Éliane avait horreur des souris.

Les lapins servis, la fillette s'approcha de la cage des furets. Ces animaux, un couple, appartenaient à monsieur Lublineau, qui les utilisait pour chasser les lapins de garenne. Ils n'avaient pas leur pareil pour les débusquer au fond des terriers.

– Mets pas les doigts, petite. Tu sais qu'ils hésitent pas à mordre...

Mémère Cousin s'arrêta soudain de parler. Les cloches venaient de se mettre à sonner.

– Le tocsin ! bougonna-t-elle. Qu'est-ce qui se passe ? Doit y avoir le feu quelque part...

Éliane rentra chez elle peu après, jeta un œil à la tannerie, où le travail continuait. La cheminée crachait sa dose de fumée. On entendait souffler la machine à vapeur et le marteau ne cessait de produire son bruit régulier. Éliane eut une pensée pour son père qui y travaillait, qui guidait les peaux sous le marteau, justement.

Elle pénétra dans la maison. Dehors, il faisait chaud. Ici on était bien. C'était petit mais agréable. Les yeux d'Éliane s'habituèrent à la pénombre. Elle distingua la table qui occupait le centre de l'unique pièce. À côté de la porte, l'évier et la masse encore plus noire de la cuisinière. En face, le grand lit des parents, avec son édredon de plumes qui donnait une impression de bien-être rien qu'à le regarder. À gauche, le lit des enfants, où Éliane et Marcel dormaient tête-bêche. Entre les deux, l'armoire.

Marcel, le frère d'Éliane âgé de deux ans, jouait avec Léa, surnommée Mérine, leur mère. La fillette se joignit à eux. Ils s'amusèrent encore quelques minutes tous les trois puis la mère laissa les enfants pour se mettre à la cuisine. Alors Éliane emmena son frère dehors. Ils gagnèrent le tas de pierres, où ils s'installèrent. Éliane était devant, Marcel derrière et tenait sa sœur par la taille.

– On va en Amérique, Marcel. Tiens-toi bien !

Et les enfants partirent dans leur rêve.

Ils ne remarquèrent pas l'agitation inhabituelle qui touchait le village. L'atelier du maréchal-ferrant, un peu plus haut, connaissait plus de bavardages que de coutume. Les carrioles qui passaient dans la rue des Moulins semblaient étrangement pressées.

Une demi-heure après le début du jeu des enfants, la machine à vapeur siffla.

– Viens ! ordonna Éliane. On va chercher Papa !

Les enfants se précipitèrent vers la tannerie, où leur père apparut bientôt.

L'homme brun, vêtu d'un pantalon de toile marron et d'une blouse grise, portait d'imposantes moustaches. Il sourit, s'accroupit. Éliane et Marcel lui sautèrent au cou et l'embrassèrent. Alors il leur tendit chacun une pièce de cent sous et leur ordonna :

– Allez porter ça à Maman !

Les enfants rejoignirent leur mère qui les attendait sur le pas de la porte. Comme d'habitude, elle les accueillit avec un sourire. Joannès arriva bientôt à leur hauteur.

– Je fais un saut au village, annonça-t-il. Je vais voir ce qui se passe exactement.

Il rejoignit son ami Loin-du-Ciel, surnommé ainsi car il était vraiment petit, et les hommes commencèrent à monter le Tertre-Noir pour rejoindre la place de l'Église. Éliane aurait voulu les suivre mais sa mère la retint :

– Non ! Ils vont au café. C'est pas un endroit pour toi. Tu es trop petite.

Alors, à regret, Éliane regarda son père s'éloigner puis, dès qu'il eut disparu, elle se retourna. La calèche du médecin passa et emmena son regard bien au-delà du pont, au bout de l'avenue de la Gare, là où un train passait dans un nuage de vapeur. Il allait vers Paris. Quand les trains partaient vers la droite, c'était pour rejoindre Paris.

Joannès revint une heure plus tard. À peine passé le seuil, il s'exclama :

– Mérine, c'est la guerre !

La guerre !

C'étaient des soldats qui se battaient. Éliane savait. Mais en dehors de cette vague idée de combat, elle n'imaginait pas ce que pouvait être la guerre. Ce devait pourtant être important et certainement pas très réjouissant. Éliane l'avait bien vu à la réaction de ses parents.

D'abord, quand son père avait annoncé la nouvelle, il affichait un air grave. Éliane avait même cru discerner de l'angoisse dans son regard. Et puis sa voix. Si douce et sereine d'habitude, elle avait pris une tonalité que, jusqu'alors, la fillette ne lui connaissait pas.

– La guerre ! s'était inquiétée Mérine.

– Enfin, presque, la mobilisation. La guerre, c'est pour bientôt. Ça, faut bien qu'on reprenne l'Alsace et la Lorraine aux Boches !

Le lendemain, Éliane constata le changement. On avait beau être dimanche, le village ne se parait habituellement pas de bleu-blanc-rouge. Ce jour-là, tout n'était que drapeaux et cocardes. Des gens se promenaient dans la rue en chantant.

– Imbéciles ! grinça Joannès au passage d'un groupe. On voit bien que vous savez pas ce que c'est que la guerre.

Il y avait presque de la haine dans le ton cette fois. Éliane s'en choqua.

Le repas fut tendu et les parents discutèrent peu.

– Bah ! T'en fais pas, souffla Mérine à son mari comme elle lui passait le plat. La guerre te rattrapera pas. Tu es réformé avec la pleurésie que tu as eue au régiment.

– Réformé, c'est vite dit. Je suis jamais que réformé temporaire. Si jamais la guerre dure... Et puis, c'est pas parce qu'on reste derrière qu'on souffre pas de cette cochonnerie. La vie est déjà difficile et les choses vont pas s'arranger. Ça coûte cher, la guerre, et c'est toujours les malheureux qui payent, qu'ils soient en première ligne ou pas...

– Celle-là sera vite passée. Rappelle-toi ce que nous a dit ton copain l'autre jour, les balles boches sont de mauvaise qualité. Elles ne font que des blessures sans gravité. Tout le monde le répète.

Joannès haussa les épaules et reposa la cuillère d'un geste brusque.

L'après-midi, il n'avait pas vraiment retrouvé sa sérénité. Il appela sa fille :

– Éliane !

Joannès adorait ce prénom et, même là, alors qu'il était de si méchante humeur, il le prononça avec plaisir. En fait, Éliane n'était pas l'aînée. Avant, le couple Prudhomme avait eu un garçon et une autre fille, mais ils n'avaient pas survécu. La fille s'appelait déjà Éliane. Pour l'administration, ce prénom n'était que le deuxième de la seconde fille. En premier, elle portait celui de Madeleine. Joannès préférait Éliane.

La fillette accourut de la cour voisine où elle regardait encore les furets de monsieur Lublineau. Joannès se baissa, la prit par la taille et planta son regard dans le sien, le visage éclairé d'un sourire qui parvint à cacher ses sombres pensées.

– Je vais à la gare. Tu viens avec moi ou tu restes avec Maman pour garder Marcel qui dort ?

– Je viens !

Alors, il la monta sur ses épaules et, se mêlant aux gens qui passaient, partit en direction de la gare.

Éliane repensa à cette journée où, au mois de mai dernier, Joannès l'avait emmenée à Orléans assister à la fête de Jeanne d'Arc. Une véritable expédition ! Mérine n'avait pas voulu les accompagner, jugeant Marcel trop petit. Il avait fallu prendre le tramway d'abord, puis le train. L'un et l'autre l'avaient déjà beaucoup marquée, mais la ville l'avait sans doute encore plus impressionnée. Les maisons immenses. La cohue. Les couleurs. Les bruits. La musique. Et puis Jeanne d'Arc vêtue de son armure, sur un superbe cheval blanc beaucoup plus fin que ceux qu'Éliane voyait dans le Perche.

La foule grouillait déjà sur le quai lorsqu'ils arrivèrent à la gare et l'ambiance était chaude.

On se donnait des tapes sur les épaules. On chantait. La fête était de rigueur... ou presque, car tous les présents ne participaient pas à l'allégresse.

Joannès s'approcha d'un groupe. Éliane y reconnut plusieurs ouvriers de la tannerie. La plupart portaient une casquette et, vêtus de leur tenue du dimanche, tenaient un baluchon sur l'épaule ou gardaient une petite valise à leurs pieds. L'un d'eux se tourna vers le père d'Éliane.

– Alors, t'es pas du voyage ?

– Eh non ! Mais je m'en plains pas.

– Comment ça ? T'es pas triste de pas donner un peu de ton temps à la Patrie ? On va gagner ! Une bonne pâtée qu'on va leur mettre aux Boches. Sûr qu'on sera bientôt de retour.

– J'aimerais te croire, mon vieux Dalle-en-Pente. Pourtant, j'ai peur que les Boches soient plus coriaces qu'on le pense.

– Arrête de dire des âneries ! T'es qu'un défaitiste...

Éliane ne prêta plus attention à la conversation et regarda la foule du haut de son perchoir. Elle reconnut d'autres personnes.

Monsieur Aubry, par exemple, qui tenait le café de la rue des Moulins, un peu plus haut que chez les Prudhomme, quelques maisons avant le maréchal-ferrant. Un homme fier qui ne semblait pas se réjouir. Il laissait sa femme et leurs deux filles, Carmen et Valda. Éliane les vit à côté de leur père. Elle les connaissait mais ne les fréquentait pas.

Éliane aperçut aussi le maréchal-ferrant, mais lui se contentait d'accompagner les copains, ne partant pas parce qu'il avait un pied bot. Cette réflexion l'avait marquée même si elle n'en avait pas compris le sens exact. « C'est vrai ! pensait-elle. Il suffit d'avoir un joli pied pour pas partir à la guerre... »

Monsieur le curé était également là, le châtelain de la Maléclèche aussi, et celui de Rocheux.

Soudain, un souffle intense se fit entendre, bientôt couvert d'un sifflement aigu. Éliane avait identifié « la bête » et laissa échapper :

– Le train !

Une clameur s'éleva de la foule :

– Vive l'armée ! Vive la France ! Tous à Berlin !

La locomotive crachante, hurlante, passa lentement devant Éliane, l'impressionnant toujours autant. Les portes des wagons étaient couvertes de grandes lettres blanches qu'Éliane ne savait pas encore lire. Des hommes se penchaient aux fenêtres et clamaient leur joie en agitant des drapeaux tricolores. Dès l'arrêt, ils se poussèrent pour laisser monter les futurs soldats de Mondoubleau et sa région.

Et puis ce fut à nouveau des hommes aux fenêtres. Cette fois, il s'agissait de ceux du coin. Éliane reconnut les amis de son père. Dalle-en-Pente était hilare.

Soudain, un strident coup de sifflet.

Les crachotements de la locomotive s'intensifièrent et, peu à peu, le train s'ébranla.

– Vive l'armée ! Vive la France ! Tous à Berlin !

Éliane aurait eu envie de crier mais elle sentit la gêne de son père et se retint.

Alors qu'ils arrivaient chez eux, elle lui demanda :

– C'était quoi, Papa, les lettres sur les wagons ? Qu'est-ce qu'il y avait d'écrit ?

L'homme bougonna :

– Rien, ma grande, rien. Des grands mots mais j'ai peur que ce soit aussi de grosses bêtises...

Éliane s'étonna. Ma grande ! C'était la première fois que son père l'appelait « grande ». Elle en ressentit une évidente fierté. C'est vrai qu'elle devenait grande. Elle irait bientôt à l'école des filles, la grande, où elle apprendrait à lire.

3

Éliane embrassa sa mère et la quitta après lui avoir adressé un dernier geste. Elle remonta alors la rue des Moulins.
– Éliane ! Tu te dépêches !

La fillette leva la tête et aperçut son amie Régine Bellanger. Celle-ci donnait la main à sa petite sœur Valda et l'attendait, devant la maison familiale, au coin de la rue des Moulins et du Tertre-Noir.

Elles rencontrèrent le garde champêtre en arrivant près de la mairie. Tous les enfants appréciaient ce vieux dont le visage s'ornait de magnifiques moustaches blanches. Il ne manquait jamais de répondre à leur bonjour. Bizarrement, ce matin-là, il ne le fit pas. Il affichait un regard soucieux. Les fillettes le remarquèrent mais ne s'arrêtèrent pas. Elles passèrent sous le porche, arrivèrent rue du Champ-de-Foire.

L'école des filles étirait là sa longue silhouette en travers de la pente et semblait s'ancrer sur le coteau comme pour ne pas glisser. C'était une belle école qui avait juste dix ans, spacieuse, confortable, avec des encadrements de fenêtre et de porte en calcaire et briques rouges.

Des cris d'enfants s'échappaient de derrière le bâtiment. Éliane et ses amies n'étaient pas en retard mais elles hâtèrent tout de même le pas.

Elles voulaient avoir le temps de jouer avant d'entrer en classe, surtout que, aujourd'hui, elles n'étaient pas de service.

– Tu vas toute seule dans ta classe ! ordonna Régine à Valda comme elles passaient le portail métallique.

La petite entra donc seule dans la classe enfantine qui jouxtait l'école des filles. Dans la cour des grandes, certaines jouaient déjà à la balle contre le mur, et Éliane et Régine les rejoignirent sitôt leurs affaires déposées sous le préau.

C'était au tour de Jeanne, qui, tout en faisant rebondir la balle sur le crépi, chantait :

« Le marin que j'aime,
Il est loin d'ici.
Il est à Marseille.
En partant me dit :
Allons ma mignonne,
Mon p'tit cœur d'amour
Restera fidèle
Jusqu'à mon retour... »

Jeanne laissa soudain échapper la balle. Régine la ramassa et se lança à son tour dans le jeu. Cette fois, elle répéta la chanson à deux reprises et ne perdit que lorsqu'elle entamait le tour sur le pied gauche.

Éliane n'eut que le temps de ramasser la balle.

L'horloge de l'église égrena l'heure. Mademoiselle Bonin, la directrice, frappa dans ses mains. Alors, les élèves cessèrent leurs jeux pour se ranger devant la porte de leur classe. Mademoiselle Tibaudeau, maîtresse des petites, esquissa un signe et le double rang de fillettes se mit en branle pour entrer en chantant. Après un tour de salle, toujours en chantant, les élèves gagnèrent leur place. Elles rangèrent leurs affaires à l'intérieur des pupitres de bois sombre, puis la maîtresse commença la leçon de morale, dont la maxime était déjà inscrite au tableau d'une écriture ample et régulière :

J'ouvre bien la bouche quand je parle pour bien me faire comprendre.

Éliane écoutait avec attention. Maintenant, elle était vraiment grande : elle venait de fêter ses six ans, le 1er novembre 1914, et apprenait à lire.

Joannès et Marcel se trouvaient déjà à table lorsque Éliane rentra pour déjeuner. Mérine s'affairait à la cuisinière.

La fillette s'approcha d'abord d'elle. La femme lui tendit la joue. Éliane y déposa un baiser, s'approcha ensuite de son frère qui la repoussa d'un geste brusque, puis passa à son père qui l'accueillit dans ses bras pour l'embrasser. Comme toujours, elle goûta cette tendresse et soupira d'aise. L'étreinte avait pourtant été moins forte aujourd'hui. Éliane s'installa à sa place et, après avoir attaché sa serviette, attendit que sa mère la serve.

Le silence demeura longtemps et ce ne fut qu'après avoir mangé plusieurs cuillerées de chou que Joannès souffla :

– Dalle-en-Pente aura pas été loin. Le voilà mort et enterré. Les Boches l'ont descendu avant qu'il ait vu Berlin.

– Il était pourtant content de partir, commenta Mérine.

– Trop content. Et quel choc pour sa femme

quand le garde champêtre lui a annoncé ça ce matin...

– C'était un brave gars.

– Ça, il avait le cœur sur la main. Dommage qu'il buvait.

– Tu sais comment il est mort ?

– Non ! Le garde champêtre a juste amené le papier officiel. Et ce genre de paperasse se perd jamais dans les détails...

La conversation se poursuivit sur le même ton mais Éliane ne l'écouta plus. Elle pensait à la mort, cette mort qu'elle ne trouvait pas si terrible car son père la côtoyait. Il en vivait même puisque, en plus de son travail à la tannerie et de l'aide apportée aux boulangers pour grimper les sacs de farine dans les greniers, il creusait les tombes au cimetière. Éliane l'y avait parfois accompagné. Qu'est-ce que c'était la mort, exactement ? Éliane n'osa pas le demander.

Le soir, à la sortie de l'école, Éliane aperçut un militaire sur le trottoir. L'homme portait une veste bleu nuit et un pantalon rouge. Elle ne le reconnut pas tout de suite mais seulement lorsque Carmen et Valda Aubry se jetèrent à son cou. C'était leur père. Éliane le trouva beau habillé comme ça, bien plus beau que lorsqu'il travaillait dans son café. Et elle pensa que ses voisines avaient de la chance.

4

Le froid sévissait dehors mais il faisait bon dans la maison. Éliane aurait dû être heureuse. Pourtant... Joannès mangeait sa soupe en silence. Il avait l'air extrêmement soucieux, plus encore qu'au début de la guerre.

À un moment, Mérine regarda son mari.

– Tu feras attention ! lâcha-t-elle soudain.

Joannès leva les yeux et souffla, un sourire mélancolique aux lèvres :

– Évidemment ! Tu le sais... Et puis je reviendrai vite.

Éliane sentit que cette réponse manquait de conviction. Depuis une semaine maintenant, son père ne riait plus et se laissait aller à la morosité.

Était-ce parce que le ventre de Mérine s'était arrondi ?

Était-ce parce que, privée d'un grand nombre de ses ouvriers, la tannerie ne tournait plus qu'au ralenti ?

D'où reviendrait-il vite ?

Éliane cherchait la réponse.

Soudain, Mérine fondit en larmes. Joannès se leva pour la rejoindre. Il prit le visage de sa femme et supplia :

– Pleure pas. Ça change rien et complique tout...

Joannès continua de parler, mais à voix basse,

sur un ton très doux, hélas trop bas pour qu'Éliane le comprenne.

Lorsque Mérine eut cessé de pleurer, il regagna sa place et le repas reprit, encore plus triste.

Dès la dernière cuillerée avalée, Éliane passa sa chemise de nuit puis se fourra au lit. Les draps étaient froids et elle maîtrisa mal un frisson.

Les yeux au bord du drap remonté très haut, Éliane regarda ses parents s'affairer à la lueur de la lampe à pétrole qui dessinait des ombres grotesques sur les murs. Mérine lava la vaisselle, refrénant des sanglots de temps à autre. Joannès rentra une énorme quantité de bois. Beaucoup plus que d'habitude. Les deux adultes travaillaient en silence, sans même s'adresser un regard.

Éliane crut un instant qu'ils s'étaient disputés. Mais non, quand ça arrivait, ses parents avaient des gestes secs, nerveux. Là, ils agissaient avec une sorte de lassitude, comme si un énorme poids leur écrasait les épaules.

Lorsqu'il eut terminé, Joannès s'approcha du lit de ses enfants. Éliane remarqua son regard humide quand l'éclat de la lampe vint s'y refléter. Joannès approcha ses lèvres de la joue de sa fille. Éliane sentit le souffle chaud caresser sa peau. Elle laissa les lèvres l'effleurer puis, soudain, se tourna, saisit son père par le cou. Joannès sembla hésiter un instant puis enserra à son tour sa fille. L'étreinte dura et Éliane aurait voulu qu'elle ne s'arrête jamais. Mais Joannès finit par détacher ses bras. Il desserra ceux de sa fille et lui glissa :

– Faut que tu dormes, Éliane. Faut que tu dormes. Montre-moi que tu es grande...

Alors elle se recala. Joannès remonta le drap et l'embrassa. Il alla voir ensuite Marcel puis, après quelques nouveaux bruits de plus en plus lointains, le silence tomba dans la maison et Éliane s'endormit.

Les pleurs d'un bébé réveillèrent Éliane en sursaut. Un bébé avait pleuré ! Elle en était sûre mais ne parvenait pas à savoir si c'était dans son rêve ou dans la réalité. Elle ouvrit les yeux, se fit attentive au moindre son. Dehors, il faisait encore nuit. Éliane le constata en jetant un œil à la fenêtre baignée d'ombre.

Les pleurs du bébé ne retentissaient plus mais, là-bas, derrière le rideau dissimulant le lit des parents, Éliane voyait des silhouettes s'agiter. Elle entendait aussi des bruits. On s'affairait. On parlait à voix basse sans qu'elle comprenne les paroles. Éliane reconnut la voix de son père, encore plus douce que d'habitude, celle de sa mère, qui avait un drôle de timbre, et puis... celle de Mémère Cousin.

Que pouvait bien faire la vieille femme chez eux à une heure pareille ?

Soudain, Joannès puis Mémère Cousin écartèrent le rideau pour sortir.

– Ça ira maintenant ! souffla Joannès.

– Vous... Vous êtes sûr ?

– Oui. Vous inquiétez pas. Merci...

La vieille femme s'approcha de la porte d'entrée. Éliane distingua le sourire triste sur les lèvres de son père.

– Vous pourrez revenir tout à l'heure, quand il fera jour. C'est surtout là que Mérine aura besoin de vous. Pour l'instant, elle va s'endormir et la petite est calme. Tout s'est très bien passé. Allez vous reposer...

Mémère Cousin ouvrit alors la porte et la nuit glaciale l'absorba.

Éliane essayait toujours de comprendre. Aussi ne s'était-elle pas rendormie lorsque son père vint la voir. Un grand feu brûlait dans le foyer de la cuisinière de fonte, poussant au rouge les cercles métalliques du dessus. Éliane pensa au diable dont Mémère Cousin lui avait parlé... et pas en bien.

Joannès avait revêtu son manteau. La valise familiale était posée sur la table. Il s'assit sur le bord du lit et, la voix à peine audible, appela sa fille :

– Éliane !

La fillette répondit aussitôt. Son père laissa passer un silence puis, comme Éliane s'appuyait sur ses bras, il l'étreignit et murmura :

– Tu es grande maintenant... Tu aideras Maman... Tu as une petite sœur...

Éliane demeura interdite quelques instants avant de s'étonner :

– Ah ! Une petite sœur ?

– Oui ! Parle pas trop fort. Faut pas réveiller les autres.

– Comment elle s'appelle ? demanda Éliane, un ton en dessous.

– Lucienne !

– Moi, je l'appellerai Lulu.

Joannès serra encore plus fort sa fille. Puis il laissa passer un silence interminable avant d'ajouter :

– Tu vas être mignonne parce que je m'en vais aussi à la guerre. Tu es grande. Tu vas aider.

Éliane promit. Joannès l'embrassa une nouvelle fois, puis il se leva et passa derrière le rideau dissimulant le lit parental. La fillette entendit son père et sa mère discuter un peu. Enfin, Joannès réapparut, s'approcha de la table et saisit la valise. Éliane paniqua :

– Pa... Pa... Papa ! Papa !

L'homme s'approcha, posa son bagage et l'étreignit à nouveau.

– Tu es grande, Éliane ! Tu es grande ! Faut que je parte.

Elle s'accrocha de toutes ses forces.

– Je veux pas, Papa !

– Moi non plus, mais je suis obligé. Sinon, les gendarmes me mettront en prison. Tu voudrais pas d'un Papa en prison... Au revoir. Je reviendrai bientôt. Sois mignonne. Aide Maman. Occupe-toi de ton petit frère et de ta petite sœur... Ma grande...

Éliane s'accrocha encore quelques secondes puis, dans un déchirement, regarda son père se relever, déposer un baiser sur la joue de Marcel encore endormi, prendre la valise et franchir la porte.

Elle pleura en silence et entendit à peine le souffle du train qui partait par là, dans le lointain, en direction de Paris, en direction de la guerre.

Le temps passa. Cruel.

Soudain, Mérine appela :

– Éliane ! Habille-toi...

La fillette obéit avec des gestes d'automate. Son corps ne semblait plus lui appartenir. Il obéissait à Mérine. Tout simplement.

Éliane venait de passer sa robe quand sa mère lui ordonna :

– Déjeune maintenant. Moi, j'ai besoin de rien. Papa m'a soignée avant de s'en aller.

Éliane saisit la cafetière, se versa un bol de café chaud. Elle prit ensuite une tartine et la couvrit d'une mince couche de beurre. Elle mangea sans entrain, juste parce qu'elle essayait de se convaincre d'être grande.

Quand elle eut lavé bol, cuillère et couteau dans l'évier, Mérine lui commanda :

– Tu vas te préparer pour aller à l'école mais avant, donne-moi de quoi changer ta petite sœur.

Éliane obéit encore. À peine si elle jeta un œil à la silhouette qui dormait dans le berceau où elle se rappelait avoir vu Marcel assoupi, il n'y avait pas si longtemps.

– C'est pas encore tout à fait l'heure de partir. Aide ton frère à s'habiller.

Marcel dormait toujours. Éliane allait le secouer sans précaution quand, se rappelant soudain sa promesse, elle adoucit son geste. Elle habilla ensuite Marcel et lui fit manger son petit déjeuner.

Il fut alors l'heure de partir.

La porte à peine franchie, le froid gifla Éliane, qui crut comprendre toute la violence du mot « guerre ».

5

Le printemps était bien installé mais il avait un drôle de goût. Il semblait artificiel.
Éliane jouait moins avec les

sœurs Bellanger. Elle devait maintenant garder son frère et sa sœur lorsque sa mère travaillait à l'extérieur, ce qui lui arrivait de plus en plus souvent.

Mérine avait en effet remplacé son mari où elle le pouvait : au cimetière où elle creusait les tombes. La tâche était rude. La jeune femme l'accomplissait pourtant sans rechigner car elle voulait conserver ce travail à Joannès pour le jour où il reviendrait. La tannerie avait déjà fermé faute de personnel. On ne savait pas si elle rouvrirait. Heureusement, monsieur Lublineau n'avait pas chassé les Prudhomme de la maison.

Éliane accomplissait également nombre de tâches ménagères. Ainsi, elle balayait souvent, lavait la vaisselle chaque jour, allait faire les courses.

Cette dernière tâche ne lui était pas toujours facile. Comme elle devait monter au cœur du village où se trouvaient les magasins, elle passait devant la maison Bellanger et résistait avec peine aux appels de Régine. Un jour, Éliane avait voulu couper au plus court, éviter le Tertre-Noir en passant par la Bagrée, le champ en dessous du mail. L'énorme taureau qui y vivait l'avait poursuivie et elle avait éprouvé la peur de sa vie.

Afin d'être un peu plus libre, Mérine avait également décidé de mettre Marcel à l'école dans la classe enfantine.

C'était la récréation. Certaines filles appelèrent leurs amies pour jouer. D'autres partirent vers les petits de la classe enfantine. Éliane était de celles-là.

Elle n'eut pas à chercher Marcel, qui pleurait une fois de plus, une main accrochée à la robe de la maîtresse. Éliane s'approcha :

– Bonjour mademoiselle !

– Bonjour Éliane !

– Il pleure encore ?

La maîtresse lâcha un profond soupir puis articula, désolée :

– Il n'a fait que ça depuis son arrivée. Comme d'habitude. Tu diras à ta maman de venir me voir ce soir. Ça ne peut plus durer.

Éliane baissa la tête. Elle se sentait presque coupable. Marcel se montrait impossible à l'école. Rien ne lui plaisait. Il pleurait sans cesse, perturbant la vie de la classe. Éliane était d'autant plus navrée que sa mère avait bien insisté :

– Tu es grande et tu dois t'occuper de ton petit frère au moins pendant les récréations.

Éliane était vraiment fière d'être grande, d'autant que cette année cela se concrétisait : elle savait lire, maintenant. Ça lui pesait tout de même quand elle devait calmer Marcel. Éliane faisait pourtant son possible, venant le chercher à chaque récréation. Mais rien ne distrayait son frère et elle perdait parfois patience. Alors il pleurait encore plus fort et la maîtresse venait le reprendre.

– Laisse-le, disait-elle invariablement. Va jouer avec tes amies. De toute manière, tu n'y changeras rien.

Éliane le quittait alors. Il restait là, planté, une main sur les yeux et des larmes plein les joues, le nez plus ou moins coulant. Elle s'éloignait, tentait d'entrer dans le jeu des autres mais n'y parvenait pas vraiment.

Ce midi-là, Éliane rentra inquiète de l'école.

Comment annoncer la mauvaise nouvelle à sa mère ? Elle la savait soucieuse. Mérine ne riait plus qu'exceptionnellement. Elle criait parfois pour rien. Elle paraissait aussi de plus en plus distante, comme si elle se fermait peu à peu aux autres. Ce problème avec Marcel n'arrangerait pas les choses.

Éliane avait raison. L'entretien avec la maîtresse renforça la mauvaise humeur de sa mère. D'autant que, sur le conseil insistant de l'institutrice, Mérine décida de garder Marcel avec elle pour ne le remettre qu'à la rentrée d'octobre.

– Comme si j'avais pas assez de soucis comme ça ! bougonna-t-elle, la rage au bord des mots.

Éliane tentait de se raccrocher à l'école, qu'elle aimait. Pourtant, elle n'y obtenait pas de si bons résultats que ça. Elle avait trop la tête ailleurs.

Elle essayait d'imaginer la guerre. Que pouvait-elle être, cette guerre ? Éliane voyait les soldats mais ne parvenait pas à deviner ce qu'ils faisaient sinon tirer sur les Boches, qu'elle imaginait davantage monstres qu'êtres humains. Elle commençait cependant à réaliser que la guerre prenait des hommes. Même si sa mère n'en parlait pas devant elle, elle avait entendu plusieurs conversations dans le village. Elle ne s'arrêtait jamais mais savait les reconstituer en gros à partir de quelques bribes. Plusieurs soldats étaient morts, d'autres étaient portés disparus. Où pouvaient-ils disparaître ?

Et puis, le café de madame Aubry restait fermé maintenant. On disait que de plus en plus de trains de blessés passaient à la gare. De la maison Prudhomme, on ne voyait plus qu'un véritable lieu de vie dans la rue des Moulins : l'atelier du maréchal-ferrant.

Les moissons allaient bientôt se dérouler autour de Mondoubleau et se feraient sans les hommes en pleine force de l'âge. Les femmes les remplaceraient. Certains vieux disaient qu'elles n'en seraient pas capables mais personne ne prenait le temps de les écouter. Le village était trop occupé. Les gens travaillaient d'autant plus qu'ils cherchaient à oublier leurs difficultés. La ronde du garde champêtre se faisait plus obsédante. Les joies du départ étaient évanouies et la guerre traînait en longueur. Une sorte de fatalisme régnait : on faisait le dos rond en espérant ne pas être touché davantage.

L'odeur pestilentielle des tanneries s'était presque effacée mais personne ne s'en réjouissait. Le bruit régulier du marteau manquait à Éliane.

Maintenant, elle guettait le facteur, dont la tournée apportait quelque réconfort les jours où il s'arrêtait à la maison. Il le faisait une ou deux fois par semaine et c'était toujours la fête. Mérine leur lisait souvent la lettre puis la rangeait dans une boîte en carton, sur le dessus du placard.

Aujourd'hui, Éliane était encore plus heureuse. Joannès lui avait envoyé une carte postale.

Quelques semaines auparavant, il lui avait adressé une photo prise à proximité du front. Il y portait son uniforme d'artilleur et, fièrement, appuyait son bras gauche sur une colonne brisée. Éliane conservait aussi cette photo dans une boîte, à la maison, et la regardait chaque fois qu'elle sentait son courage faiblir. Son père y paraissait fort et elle le trouvait plus beau que les soldats croisés dans le village. En réponse, elle lui avait envoyé une carte au dos de laquelle elle avait écrit : *À mon petit Papa, ta chère petite fille,* et elle avait signé *Éliane Prudhomme.* Seule. Comme une grande. Cette carte représentait une fillette en prière accompagnée d'un texte : *Doux Jésus, protégez mon Papa.*

Et c'est vrai que, chaque jour, Éliane priait. Du moins elle essayait car elle ne connaissait de la prière que ce que Mémère Cousin lui en avait dit. Elle avait peur que la guerre lui vole son père. Alors elle priait avec ferveur et, si elle avait eu de l'argent, elle aurait allumé des cierges à l'église, pour que leur flamme protège son père un peu mieux.

Éliane regarda à nouveau la carte postale. Un artilleur, la main posée sur un bâton, se tenait près d'un canon. Une légende accompagnait cette image : *Comme le lion à Belfort, au pied de mon canon, je défie l'ennemi.* Elle imagina sans peine son père à la place de l'homme. Les Boches n'avaient qu'à bien se tenir.

Elle tourna la carte et, heureuse, lut à nouveau le texte :

À toi ma chère Éliane,

Contemple cette carte. Vois ce canon qui est braqué comme les nôtres le sont aujourd'hui sur notre ennemi pour vous défendre tous les quatre. Ton petit Papa qui pense toujours à vous. Sois sage et obéissante à ta chère petite Maman qui est privée de ma présence. Embrasse bien ton petit frère et ta petite sœur ainsi que ta pauvre Maman pour ton cher petit Papa. Ton cher petit Papa qui t'aime pour la vie.

Et c'était signé : *Joannès Prudhomme.*

Éliane s'arrêta sur la signature, qu'elle détailla. Elle aimait la barre du d de Prudhomme, qui se courbait pour presque caresser le p majuscule. Cependant, elle préférait la boucle aplatie soulignant les dernières lettres du nom. Elle s'essayait déjà à imiter cette boucle dans sa signature.

Éliane se perdit dans ses pensées et tenta d'éprouver ce qu'elle ressentait lorsque, assise sur les genoux de son père, elle lui faisait un câlin. Mais rien ne vint et, au contraire, les larmes lui montèrent aux yeux. Elle aurait sans doute pleuré si, d'un seul coup :

– Éliane !

Elle ravala ses larmes, sachant qu'un tel épanchement ne calmerait pas Mérine, au contraire. Éliane déboucha à proximité du pont.

– Qu'est-ce que tu faisais là-bas ? cria sa mère, les poings sur les hanches. Je te cherchais partout !

– Je... Je lisais la carte de Papa...

– Et tu as besoin de te cacher pour ça ?

Mérine agrippa sa fille par la manche et la propulsa dans la maison. Éliane eut le temps de voir Mémère Cousin lui adresser un regard doux.

Éliane reçut une gifle qui la laissa indifférente. Elle était ailleurs, là-bas, avec son père, derrière les canons qui écrasaient les Boches. Elle se mit à espérer son retour. Quelques soldats revenaient en permission au village. Un jour, Joannès en ferait bien autant. Peut-être pour toujours.

Les vacances tiraient à leur fin avec septembre qui s'achevait.

Joannès n'était toujours pas revenu.

Lucienne grandissait. Éliane l'aimait chaque jour davantage. En revanche, Marcel était de plus en plus pénible. Ils se chamaillaient souvent à tel point que, pour avoir enfin la paix, Mérine autorisait sa fille aînée à se rendre chez ses grands-parents Girard, à la ferme des Ragots, à Danzé.

Cette ferme était loin mais Éliane ne se laissait pas impressionner par la distance et partait la veille au soir. Et puis, le Perche et son bocage l'enchantaient : champs cernés de haies grouillantes de vie, prairies où paissaient des vaches indolentes, petits bois frais embellis du chant des oiseaux... Elle revenait avec sa grand-mère, le surlendemain matin, dans la charrette que tirait l'âne Charlot.

Éliane avait dépassé Beauchêne depuis longtemps quand elle se remémora une scène de la quinzaine précédente.

La famille n'avait pas de nouvelles de Joannès depuis une bonne semaine.

Les enfants dormaient quand, soudain, une quinte de toux sortit Éliane de son sommeil.

Il ne faisait pas encore vraiment nuit mais, quand elle souleva les paupières, elle remarqua tout de suite que la pénombre n'était pas normale. Ses yeux la piquaient. Alors elle distingua quelques volutes de fumée qui s'échappaient de sous la cuisinière.

– Maman ! hurla-t-elle.

Aucune réponse. Elle se précipita vers la porte, tourna la poignée. Impossible d'ouvrir. Elle se propulsa ensuite vers la fenêtre mais la poignée trop dure lui résista. Alors, entre deux quintes de toux, elle hurla de plus belle. Marcel et Lucienne se réveillèrent à leur tour et l'accompagnèrent de leurs pleurs.

Bientôt, Éliane perçut une voix à la porte.

– Qu'est-ce qui se passe ?

C'était Mémère Cousin. Éliane tenta de reprendre son calme et de dominer les cris des petits.

– Y a le feu. Maman est pas là. J'ai peur.

La vieille femme secoua la porte puis, constatant l'inefficacité de ses gestes, vociféra :

– Bouge pas ! Je vais chercher du secours.

Les enfants toussaient de plus en plus.

Soudain, un bruit de clé dans la serrure. Le battant s'ouvrit enfin. Mérine jaillit pour rejoindre le berceau alors qu'Éliane et Marcel se précipitaient dehors où Mémère Cousin les accueillit. Quelques personnes arrivaient en courant.

Chargé d'un seau d'eau, le maréchal-ferrant entra à son tour peu après la sortie de Mérine avec Lucienne dans les bras. Il réapparut quelques instants plus tard, tenant dans ses mains la caissette de petit bois qui servait d'allume-feu. Celle-ci était à demi calcinée. Il la jeta par terre près de la porte.

– Ça va ! triompha-t-il. Y a plus de peur que de mal. Une braise de la cuisinière est tombée dans cette boîte. Ça a fait beaucoup de fumée.

Mérine était agenouillée et, serrant Lucienne, se prêtait aux caresses de ses aînés.

Plus tard, elle expliqua à Mémère Cousin :

– Ça fait trop longtemps que j'ai pas de nouvelles de Joannès. Je suis allée à la gare voir dans le train de blessés qui y était arrêté s'il y en avait pas un qui aurait pu m'en donner. Les gosses dormaient. Je croyais qu'ils craignaient rien… mais je suis pas prête de les laisser encore seuls…

Deux lettres de Joannès arrivèrent le lendemain matin.

Éliane en était là de ses pensées quand elle aperçut la silhouette de la ferme des Ragots.

– Enfin !

6

Joannès était là !

Éliane dévorait son père des yeux.

Il était arrivé par surprise. Enfin, par surprise pour ses enfants car il avait averti sa femme de sa permission dans sa dernière lettre.

Il lui avait demandé de n'en rien dire à leurs deux grands. La permission risquant d'être annulée, il ne voulait pas leur faire de fausse joie.

Vêtus de leur manteau, Marcel et Éliane jouaient sur le tas de pierres, près du portail de la tannerie. Éliane se tenait devant, face à l'avenue de la Gare.

– Tu es prêt, Marcel ?

– Oui !

– Où on va ?

– En Amérique ! Comme d'habitude...

Éliane enclencha une manette imaginaire et le bateau se mit en branle.

– C'est parti pour l'Amérique !

Les deux enfants étaient en pleine navigation quand Éliane remarqua la silhouette d'un soldat venant de la gare. Il faisait beau et le soleil l'éclaboussait de lumière par intermittence, entre l'ombre des platanes. Elle se figea.

– Qu'est-ce qu'y a ? demanda Marcel. Le bateau est en panne ?

– Regarde le soldat...

Marcel se pencha et observa le militaire.

– Eh ben, c'est un soldat. On en voit souvent passer ici.

– Mais regarde celui-là comment il marche.

– Avec ses jambes ! s'esclaffa Marcel.

– Imbécile !

Et Éliane desserra l'étreinte de son frère pour descendre du tas de pierres, le regard toujours fixé sur l'homme. Soudain, elle le vit sourire. Alors elle bondit vers lui.

– Papa !

Joannès se baissa, lâcha son baluchon et ouvrit largement ses bras lorsque sa fille arriva près de lui. Il la laissa fourrer sa tête dans son cou quelques instants puis la repoussa à regret.

– Attends, ma grande. Je suis pas propre. Tout à l'heure, tu me feras tous les câlins que tu voudras.

Et il l'embrassa sur les joues.

Marcel arriva à son tour. Il l'embrassa aussi. Mérine les rejoignit l'instant d'après, Lucienne dans les bras. La jeune femme rayonnait. Elle était belle pour la première fois depuis trop longtemps.

Joannès se releva, la serra longuement puis détailla ses enfants l'un après l'autre.

– Qu'est-ce que vous avez grandi !

Des larmes coulaient sur ses joues. Il les essuya d'un revers de manche puis donna la main à ses deux aînés et la famille rejoignit la maison.

Les yeux d'Éliane allaient maintenant du poupon à Joannès. Le poupon, c'était celui qu'il lui avait offert après l'avoir sorti de son baluchon. Elle ne l'avait pas lâché depuis. Quant à son père, il baignait dans un baquet de bois rempli d'eau fumante et Mérine le frottait.

« C'est vrai que Papa était sale, pensa Éliane. Il avait besoin d'une grosse toilette. À la guerre, on se lave pas beaucoup. »

Mérine avait déjà mis son uniforme à tremper dehors. Il grouillait de poux et était imprégné de boue. Il aurait besoin de plusieurs heures de bain puis d'un vigoureux battage pour reprendre ses couleurs initiales. Ensuite, il sécherait des heures durant sur le fil tendu dans la cour. Éliane n'oublierait jamais l'image du pantalon sur le fil, les jambes comme deux énormes cicatrices sur la peau grise du ciel hivernal.

Elle contempla une nouvelle fois son poupon. Il était en caoutchouc. Vêtu d'une chemise blanche, elle le trouvait très beau. Elle l'appelait simplement Poupon et trouvait que ce nom lui allait à merveille.

Marcel avait une locomotive de bois clair et Lucienne un hochet. Tous deux en semblaient également heureux. Marcel voyageait avec son jouet sur la table pendant que Lucienne babillait dans son berceau en secouant le sien.

Éliane savourait la quiétude retrouvée. Elle y goûta pendant toutes les vacances de Noël sans même voir passer le temps.

À Noël, elle reçut une orange. Comme lorsque Joannès travaillait à la tannerie.

Elle rejoignit l'école en fin de matinée et, avec Régine Bellanger, de porte en porte, alla vendre médailles et insignes que lui avait confiés la maîtresse. Ce 25 décembre avait en effet été décrété « journée du poilu », et la vente de ces objets était destinée à aider les soldats dans les tranchées.

Éliane était très fière. Dans chaque maison, on lui demandait des nouvelles de Joannès et elle les donnait avec plaisir.

Hélas, la permission s'acheva avant la nouvelle année.

Éliane redoutait le moment du départ mais, à sa grande surprise, elle n'en souffrit pas tant que ça.

La famille accompagna Joannès à la gare et Éliane regarda son père disparaître dans le lointain, malheureuse, bien sûr, mais pas tant qu'elle le redoutait. Elle savait qu'il reviendrait. Quand ? Elle l'ignorait, mais elle savait que ce serait la fête. À la prochaine permission, on baptiserait Lucienne.

Mérine leva la tête. Elle crut qu'on avait appelé à l'aide là-bas, un peu plus haut. Ses deux aînés étaient à l'école et elle se tenait devant sa maison, Lucienne dans les bras. Il faisait beau en ce début mai et le martèlement du maréchal-ferrant sur l'enclume chantait une musique aigrelette. Soudain, le martèlement s'arrêta.

– À l'aide !

Cette fois, Mérine avait bien entendu. Elle remontait la rue et passait devant la maison de Mémère Cousin quand l'appel se renouvela. La vieille femme sortit à son tour.

– Qu'est-ce qui se passe ?

– Je sais pas. On appelle.

Le cri retentit encore. Il venait de la maison Aubry. Mérine courut jusqu'à la porte sur laquelle quelqu'un tapait maintenant.

– Qui est-ce qui crie ?

Les coups s'arrêtèrent pour laisser place à une voix où pointait l'affolement.

– C'est Carmen, madame.

– Mais tu devrais être à l'école !

– Je peux pas. Je suis avec Valda. Tout est fermé et les volets sont trop durs à ouvrir.

– Tu vois pas la clé sur la porte ?

– Non !

– Où est ta maman ?

– Je sais pas. On est toutes seules avec Valda.

Mérine revit la scène du garde champêtre apportant l'avis officiel de décès de monsieur

Aubry. Il avait été tué un mois plus tôt, du côté de Verdun. Depuis, vêtue de noir, la mère des petites ne sortait que pour aller acheter l'indispensable. Chacun remarquait alors ses traits tirés.

Mérine confia sa fille à Mémère Cousin, tourna la poignée, essaya de pousser le battant. En vain. Alors elle tenta de rassurer les petites Aubry :

– Vous inquiétez pas. On va vous ouvrir.

Peu après, le maire arrivait, accompagné du maréchal-ferrant.

Les fillettes retrouvèrent la liberté, mais on s'inquiéta de l'endroit où était passée leur mère. On la chercha partout dans la maison. Personne ne la découvrit. On voulut savoir si elle était allée faire des courses mais nul ne l'avait vue. Alors Mérine se glissa dans la ruelle qui descendait au jardin puis conduisait au petit lavoir, sur les bords de la Grenne.

Elle n'eut pas à fouiller. Madame Aubry gisait dans l'eau, dos face au ciel, immobile. Ses cheveux ondulaient à peine, bercés par le faible courant. Elle s'était noyée.

Mérine prépara le goûter de ses aînés sans même leur adresser la parole.

Éliane savait ce qui la tourmentait. Déjà, l'autre jour, lorsqu'elle avait appris le décès de monsieur Aubry, elle s'était terriblement assombrie. Jusqu'à maintenant, les soldats tués habitaient le haut du village. Là, pour la première fois, la mort se signalait sur les bords de la Grenne. Éliane connaissait le décès de madame Aubry. Sa mère n'en avait pas parlé pendant le déjeuner mais le sujet avait été abordé chez d'autres fillettes et, l'après-midi, elle l'avait appris. Et puis en rentrant de l'école, elle avait remarqué l'agitation devant la maison Aubry. Des personnes s'agglutinaient. Éliane n'avait pas cherché à saisir le sens des paroles échangées, une sorte de peur instinctive l'avait guidée, mais elle s'était doutée de quelque chose.

Le lendemain était un jeudi et, sa mère partie faire la lessive au lavoir de la route de Saint-Agil, Éliane avait la garde de la maison et des petits. Elle regarda par la fenêtre.

Un corbillard vint chercher madame Aubry en fin de matinée. Éliane observa le cheval drapé de noir, au front orné d'un pompon argenté. Un curieux sentiment l'envahit. Une sorte d'admiration mêlée de crainte. Puis, l'après-midi, ce furent deux personnes âgées qui arrivèrent, accompagnées de Carmen et de Valda, habillées de noir. Elles passèrent une heure dans la maison, chargèrent quelques valises et cartons dans leur carriole avant de partir vers le cœur du village.

Éliane ne revit jamais les deux sœurs et ne sut même pas où fut enterrée madame Aubry.

La mort prit une nouvelle dimension dans son esprit. La guerre, c'était d'abord l'absence. Et puis la mort arrivait et fauchait ceux qu'elle pouvait, ceux qu'elle voulait, d'abord loin puis de plus en plus près. Éliane redoubla de prières.

7

Les cloches de l'église battaient sans retenue. Il faisait un temps superbe. Juin n'avait jamais été aussi beau. Oubliée la guerre, les tournées du garde champêtre, et vive la vie !

Du moins Éliane voulait-elle le croire. Elle jaillit de l'église la première car elle désirait voir. Elle s'installa face au portail et, quelques instants plus tard, goûta son plaisir : ses parents sortaient à leur tour, encadrant Lucienne à qui ils donnaient la main. Vêtue d'une longue robe blanche, la petite était baptisée et, depuis quelques jours, c'était le bonheur.

Joannès bénéficiait d'une nouvelle permission. Tout le monde en profitait.

Mérine était d'une humeur formidable. Éliane suivait son père partout, même au café. Elle était grande, maintenant, Joannès ne cessait de le répéter. Marcel était adorable. Plus de caprices. Quant à Lucienne, elle marchait seule et, même s'il fallait la surveiller davantage car elle touchait tout, elle devenait de plus en plus intéressante.

Ce n'était pourtant pas la grande fête. De baptême, il n'y aurait que le passage à l'église et un modeste repas à la maison avec les grands-parents, le parrain, la marraine et Mémère Cousin.

La guerre était là, menace sourde, lointaine et malgré tout si présente. Joannès et Mérine n'en parlaient pas devant leurs enfants. Éliane l'avait ainsi oubliée. Une conversation de son père au café l'avait ramenée à la sinistre réalité.

– C'est une boucherie, vous pouvez pas savoir, avait déclaré Joannès au vieillard qui l'interrogeait. Et le pire, c'est qu'on n'y peut rien. Ça pète dans tous les coins. On sait pas sur qui ça va tomber. Dans le train, l'autre jour, un gars de l'infanterie m'a raconté ça : il était de garde dans une tranchée de première ligne avec deux copains. Les obus s'écrasaient autour. Il pleuvait, en plus. La gadoue. L'enfer. Un de ses copains a dit :

« On déguerpit. Ça va trop mal.

– Non ! a répondu le gars rencontré dans le train. C'est pas encore l'heure de la relève. Faut rester à notre poste. »

Il a essayé de convaincre les deux autres mais impossible. Alors il les a laissés s'en aller. Ça pétait toujours autant. Quand l'heure de la relève est arrivée, le gars du train est parti. Trois tranchées plus loin, il a découvert ses deux copains. Un obus avait éclaté dans un boyau* à leur passage...

– Tu crains moins, toi, avait remarqué le vieillard. Tu es dans l'artillerie.

Joannès avait tenté de masquer sa grimace par un sourire sombre.

– C'est vrai mais, de temps en temps, je suis agent de liaison et je circule plus souvent qu'à mon tour en première ligne... Agent de liaison, y a rien à faire sinon passer coûte que coûte.

Face au porche de l'église, Éliane se souvenait. Le soleil ne lui parut plus aussi beau. Elle rejoignit la famille en courant et donna la main à son père. Elle la serra très fort. Joannès lui répondit d'une pression tendre.

Joannès finissait de vérifier le harnachement du cheval, un impressionnant percheron noir qu'il venait d'emprunter avec une carriole à la mère Tatin, à côté du cimetière.

---

* Fossé en zigzag reliant des tranchées.

– Allez ! ordonna-t-il. On y va !

Il prit ses enfants l'un après l'autre sous les bras pour les hisser à l'arrière de la carriole puis il aida Mérine à gagner le banc avant. Cela fait, il contourna l'attelage, grimpa à côté de sa femme et empoigna les rênes.

– Hue !

La carriole s'engagea dans la rue des Moulins pour rejoindre le centre du bourg. Au passage, Éliane adressa un signe à son amie Régine.

– Où vous allez ? demanda celle-ci.

– Dans la famille...

Le voyage dura plusieurs jours.

Joannès, Mérine et leurs enfants avaient d'abord rendu visite à la tante Céline, à Beauchêne. Ils avaient ensuite passé une journée chez les grands-parents Girard. Puis ils s'étaient rendus à Savigny-sur-Braye, chez un frère de Joannès, Félicien. Enfin, ils avaient achevé leur périple par une visite à l'oncle Auguste qui, lui non plus, ne partait pas à la guerre car il travaillait aux chemins de fer.

Cette semaine avait été une semaine de bonheur mais, là encore, Éliane avait vu celui-ci terni par une conversation surprise chez les grands-parents Girard.

Joannès discutait avec Grand-Père dans l'étable. Ils parlaient de l'oncle Georges, le frère de Mérine, parti à la guerre. On n'avait pas de nouvelles depuis plusieurs semaines et il était maintenant officiellement porté disparu. Éliane était ressortie de l'étable à toute allure, ne voulant pas en entendre davantage. La guerre l'agressait de nouveau et elle voulait la refuser, l'oublier, la nier.

Vêtu de son uniforme, Joannès s'agenouilla, prit la tête d'Éliane. Il plongea ses yeux dans ceux de sa fille aînée, essaya d'oublier les larmes qui ruisselaient sur les joues de l'enfant.

– Promets-moi, Éliane, souffla-t-il. Promets-moi que tu continueras d'être grande. Promets-moi !

Éliane aspira très fort, bloqua l'air dans ses poumons puis le libéra peu à peu.

– Je te promets, Papa. Je serai grande...

Joannès lâcha la tête de sa fille pour serrer l'enfant tout entière. Il l'étreignit longtemps. Finalement, il la libéra et, se relevant, prit le baluchon que lui tendait sa femme. Il n'avait plus de valise. Celle-ci avait disparu dès son arrivée sur le front.

Éliane reçut la clarté extérieure comme une gifle. Elle marchait à côté de Joannès, cramponnait avec lui son baluchon. L'autre main de son père tenait celle de Lucienne, qui se trouvait entre ses parents. Quant à Marcel, il donnait la main à Mérine.

Les Prudhomme arrivèrent à la gare. Le train n'était pas encore là et quelques familles l'attendaient déjà. Des pleurs et des reniflements se faisaient entendre. Éliane revit les scènes du 2 août 1914. Plus de joie. Terminés les éclats de rire. Les chansons s'étaient tues. Les habitants de Mondoubleau connaissaient maintenant le goût de la guerre.

Soudain, Éliane reconnut le bruit d'une locomotive. D'abord faible puis de plus en plus fort, violent même. Le monstre approchait. Elle vit bientôt les volutes de fumée dépasser des arbres qui masquaient la ligne de chemin de fer avant la gare. Sa douleur s'accentua encore.

Le train atteignit le quai et freina dans un crissement aigu. Éliane recula lorsque le nuage de vapeur l'enveloppa. Puis les wagons s'égrenèrent pour finalement s'arrêter. Plus rien n'était écrit sur les portes et les soldats qui occupaient déjà les compartiments ne poussaient pas d'exclamations de joie. Résignés, ils semblaient vidés de toute gaieté.

Joannès se baissa à nouveau et embrassa ses enfants. Éliane sentit qu'il retenait ses larmes. Il lui adressa un sourire artificiel avant de se relever.

– Rappelle-toi ta promesse, ma grande...

Il étreignit ensuite sa femme. Éliane aurait voulu arrêter le temps. Soudain, le sifflet du chef de gare retentit. Le soldat s'arracha de Mérine, empoigna son baluchon et monta dans le wagon.

Il s'installa à la porte juste après l'avoir claquée puis, comme le train s'ébranlait, il cria :

– Adieu ! Là où je vais c'est l'enfer... Je ne reviendrai pas...

Puis il agita sa main jusqu'à complète disparition du train, là-bas, en direction de Paris, en direction de la guerre.

Éliane se dit qu'elle n'oublierait jamais ces instants. Et un article de journal lu chez l'oncle Auguste lui revint en mémoire :

La nécessité d'assurer la communication entre les diverses unités d'une bataille est aujourd'hui une des grandes difficultés de la tactique. Les lignes téléphoniques sont souvent détruites par le bombardement. Les communications par pigeons, les signaux optiques ne sauraient suffire. Il faut recourir aux agents de liaison.

Traverser les barrages de la grosse artillerie allemande, obus de 210, de 150, de 100, aux explosions formidables, nappés de balles de mitrailleuse, vapeurs empoisonnées, s'écraser sous les rafales, buter sur des cadavres, voir partout le spectacle de la mort, l'attendre à chaque pas et marcher toujours, nerfs et esprit tendus vers le terme de la course, c'est le devoir des agents de liaison.

Éliane espéra un instant le retour du train mais elle était grande maintenant et savait regarder le destin en face. Le train ne reviendrait jamais.

8

Éliane vérifia que sa mère ne regardait pas en direction de l'avenue de la Gare avant de s'élancer sur le pont. Elle la savait occupée à éplucher des légumes mais elle préférait redoubler de précautions.

Quand elle fut certaine d'être hors de portée de sa vue, elle traversa la Grenne à toute vitesse puis, arrivée au bout du pont, bifurqua à droite et dévala le talus pour rejoindre la rue des Sables-d'Olonne qui filait en contrebas, parallèle à l'avenue de la Gare qu'elle rejoignait au carrefour de Saint-Agil.

Il fallait qu'elle aille à la gare. Sa mère le lui avait pourtant interdit mais elle devait y aller.

« Et puis, se dit-elle, je vois pas pourquoi Maman veut pas que j'y aille. Elle va bien voir les trains de blessés, elle, la nuit, pendant qu'on dort. Elle respecte même pas la promesse faite le jour du feu. Je l'ai vue partir. Je l'ai aussi entendue revenir. »

Déjà deux semaines qu'ils n'avaient aucune nouvelle de Joannès. Ils avaient reçu une lettre quelques jours après son départ, et puis plus rien. Dans cette lettre, il leur annonçait qu'il avait rejoint son régiment, que le voyage s'était très bien passé.

Éliane s'était déjà rendue deux fois à la gare les jours précédents mais en vain. Aucun train de blessés ne s'était arrêté. En revanche, aujourd'hui, il y en aurait un. Le chef de gare le lui avait assuré... tout en lui affirmant qu'un tel endroit n'était pas pour elle.

Un train occupait effectivement une voie de garage, de l'autre côté du quai. Énorme. Jamais Éliane n'en avait vu avec tant de wagons. Des plaintes s'échappaient de certains. Plusieurs personnes en blouse blanche s'affairaient autour. Les femmes portaient un foulard noué en arrière de la tête et une croix rouge sur le front. Et puis, encore vêtus de leur uniforme bleu horizon, plusieurs blessés étaient descendus des wagons, qui appuyé sur une béquille, qui un pansement à la tête.

Elle aperçut aussi d'autres personnes, des gens du village. Certains la reconnaîtraient et en parleraient peut-être à sa mère.

« Bah ! Tant pis. »

Éliane vérifia que les autres voies étaient libres puis elle les traversa pour arriver sur le quai d'en face, qu'elle atteignit à hauteur des derniers wagons.

Par où commencer ? Elle rejoignit la queue du train, grimpa dans le dernier compartiment.

Là se trouvaient quatre soldats seulement mais aucun n'était valide. Ils étaient allongés sur les banquettes et par terre. L'un portait des pansements qui lui enveloppaient la poitrine et lui dévoraient la moitié du visage. Un autre, à côté, ne semblait plus avoir de jambes. Du moins c'est ce qu'en déduisit Éliane à la position du drap qui le recouvrait. Le troisième avait les deux bras en écharpe. Au gauche, il ne possédait plus de main. Quant au quatrième, il n'était que bandages et poussait de perpétuels gémissements.

Éliane resta un instant figée, luttant contre sa peur. L'homme aux bras en écharpe lui demanda :

– Tu pourrais pas aller nous chercher à boire, petite ? On a soif.

– J'ai... J'ai rien pour mettre l'eau.

– Prends nos bidons !

L'homme indiqua deux gourdes métalliques d'un signe de tête. Éliane lui obéit aussitôt. Autant par crainte que par désir d'aider. Et puis, en secourant les soldats, elle pensa assister son père.

Elle gagna le bâtiment des toilettes qui jouxtait la gare. Elle savait qu'un robinet s'y trouvait. D'autres personnes étaient déjà là. Éliane reconnut Marguerite Simon parmi elles. Une grande de l'école qui habitait l'autre tannerie, de l'autre côté de la Grenne. Marguerite lui sourit.

– Tu viens aider les blessés ? Faut leur donner à boire et à manger.

Éliane s'étonna :

– À manger ?

– Oui, ça leur fait plaisir même s'ils en ont moins besoin que d'eau. Tu es dans quel wagon ?

– Dans le dernier.

– J'aurai pas le temps d'y passer. Tiens.

Marguerite tendit un panier avec quelques framboises.

– Ben, tu en as besoin.

– Non ! J'ai déjà donné le reste.

Peu après, Éliane se retrouvait dans le wagon. Elle aida le blessé le plus atteint à se relever un peu pour assouvir sa soif. Elle y mit toutes ses forces et faillit crouler sous le poids mais elle se répéta qu'elle était grande maintenant. Elle fit aussi boire l'homme aux deux bras en écharpe. Enfin, elle partagea entre tous les framboises du panier de Marguerite.

Elle leur demanda des nouvelles de son père une fois ses tâches accomplies mais, même s'ils venaient de différents champs de bataille, aucun ne l'avait vu.

Éliane visita ainsi plus de la moitié des wagons avant le départ du train. Réponse identique : personne ne connaissait Joannès Prudhomme, soldat du 30e régiment d'artillerie. Elle n'avait même pas rencontré un seul soldat de ce régiment.

La chaleur de fin juillet écrasait tout.

Trois semaines que les Prudhomme étaient sans nouvelles de Joannès.

Éliane était retournée à plusieurs reprises dans les trains de blessés mais elle n'avait jamais rencontré de soldat connaissant son père. Elle avait seulement aidé à leur donner à boire et leur avait procuré quelques fruits. Même si elle était revenue déçue, elle avait l'impression d'avoir été utile.

La dernière fois, sa mère lui avait demandé :

– D'où tu viens ?

Éliane avait marqué un temps d'hésitation puis, soutenant le regard de Mérine, avait annoncé d'une voix ferme :

– J'ai été voir les blessés.

– Tu parles ! C'est pas une place pour toi.

– Ils avaient soif...

La discussion s'était arrêtée là. Comme si la jeune femme espérait que sa fille lui apporterait une nouvelle rassurante.

Chaque soir, Mérine pleurait en silence dans son lit. Éliane le devinait à sa respiration saccadée.

Ce jeudi matin, Éliane gardait Marcel et Lucienne pendant que Mérine était partie au lavoir de la route de Saint-Agil. La porte était fermée.

Elle jouait avec sa sœur quand Marcel lui chipa son poupon.

– Rends-le-moi !

– Non ! Tu es trop méchante.

La veille au soir, les deux aînés s'étaient en effet disputés.

– Rends-le-moi ou je te... criait déjà Éliane en levant la main.

Marcel s'échappa de l'autre côté de la table. Il brandissait le poupon, un sourire narquois au coin des lèvres.

– Viens le chercher ! Viens !

Éliane abandonna Lucienne pour bondir vers son frère. Après quelques manœuvres, elle le coinça près du buffet. Marcel s'était recroquevillé par terre et serrait entre ses dents le visage du poupon qu'il gardait sous lui.

– Rends-le-moi, menaça Éliane. Rends-le-moi. Je vais le dire à Maman !

Elle aperçut alors un bras du poupon. Elle le saisit et tira. Marcel ne lâcha pas prise. Éliane tira de plus belle. Soudain, le poupon céda. Elle se retrouva les quatre fers en l'air mais le poupon à la main. Déjà redressée, elle s'apprêtait à le brandir quand, horrifiée, elle s'exclama :

– Qu'est-ce que tu lui as fait ?

Marcel recracha le grand morceau du visage du poupon qu'il venait de déchirer.

– Sale gosse ! Je vais te flanquer une volée ! Tu vas t'en rappeler...

Éliane allait bondir sur son frère quand, soudain, elle crut voir une ombre passer devant la fenêtre. Comme si quelqu'un avait regardé à l'intérieur. Inquiète, elle rejoignit la porte, colla son oreille dessus puis l'ouvrit d'un coup. Il n'y avait que le garde champêtre là-bas, qui s'engageait dans le Tertre-Noir.

Éliane rentra dans la maison. Sa colère après son frère avait disparu. Le poupon était défiguré mais elle acceptait ce coup du sort. Marcel s'était terré près de leur lit et ne pensait plus à défier son aînée.

Éliane retourna vers Lucienne. Elle se baissa et lui tendit les bras.

– Viens, Lulu ! Viens... ma Poison !

Le mot lui était sorti de la bouche comme ça. Amer mais débordant d'affection. Lucienne accourut se loger contre sa sœur.

– Ma Poison ! Ma Poison ! Ma Poison ! se gargarisa Éliane. Ma Poison adorée...

Mérine arriva peu après. Elle entra et demanda :

– Y a rien eu ?

– Non, répondit Éliane.

Elle faillit tout raconter à sa mère au sujet du poupon puis se dit que cela ne servirait à rien. Elle l'écouta donc ordonner :

– Je vais étendre le linge dans la cour. Épluche cinq ou six patates.

Éliane sortait les pommes de terre de sous l'évier lorsque son frère passa discrètement derrière elle pour rejoindre leur mère. Lucienne aussi était partie et les deux plus jeunes suivirent Mérine dans la cour où elle commença à étendre le linge propre, qui reposait pour l'instant dans la brouette.

Éliane en était à sa deuxième pomme de terre quand elle eut l'impression que l'ombre repassait devant la fenêtre. Elle laissa son geste en suspens et, soudain, entendit quelques coups à la porte.

– En... Entrez !

Le battant s'ouvrit et le garde champêtre apparut.

– Ta maman est pas là ? demanda le vieux.

– Non ! Enfin, elle est dans la cour derrière. Elle étend le linge...

– Merci !

Le garde champêtre tourna sur lui-même pour gagner la cour en traînant les sabots. Mérine l'aperçut aussitôt. Elle s'essuya les mains en hâte sur son tablier et s'exclama :

– Oh ! C'est pour moi ce coup-là !

Le garde champêtre laissa passer un silence puis, sortant une lettre de sa poche, la tendit à Mérine.

– Oui, madame Prudhomme.

Éliane suivait la scène sans plus savoir où elle se trouvait. C'était donc ça, la guerre. Une immense douleur. Un noir infini avec l'impression qu'on ne reverrait jamais la lumière. Elle voulut revenir en arrière, retrouver son passé de petite.

Mérine laissa les larmes envahir ses joues. Elle décacheta la lettre avec des gestes d'automate mal réglé. Elle s'essuya les yeux d'un revers de manche et la lut rapidement. Le garde champêtre restait là, planté devant elle. Mérine finit par relever la tête dans sa direction et demanda d'une voix méconnaissable :

– Il est mort où ?

– Écoutez, je crois que c'est Verdun mais je peux pas vous dire s'il est enterré là-bas... De toute façon, vous allez recevoir ses affaires et vous aurez les détails...

Mérine pleurait debout, face au soleil, Marcel et Lucienne accrochés à sa jupe. Éliane, quant à elle, demeurait campée à l'entrée de la cour. Elle aussi était en larmes, les poings serrés. Le garde champêtre arriva à sa hauteur. Il lui passa une main dans les cheveux et lui glissa à voix basse :

– Sois grande. Ta maman va avoir besoin de toi...

L'école était finie maintenant. C'était les vacances.

Le dernier jour de classe, mademoiselle Bonin, la maîtresse, avait dit aux autres élèves combien Éliane pouvait être fière de son père qui était mort pour la patrie. Elle avait aussi été d'une infinie tendresse. Mais que pouvait cette tendresse contre une blessure pareille ? Et la fierté ? Elle adoptait la couleur immonde de l'injustice.

Éliane n'avait plus de goût à rien sauf à couvrir sa sœur d'affection. Elle était trop préoccupée à savoir ce qu'était la mort. Qu'est-ce que c'était la mort ? Elle se le demandait sans cesse.

La mort, c'était d'abord la douleur. Éliane le mesurait chaque fois qu'elle voyait ou entendait sa mère pleurer.

La mort, c'était l'absence. Mais son père était déjà absent.

La mort, c'était la perte de l'espoir. Avant, lorsque Joannès était encore vivant, Éliane espérait chaque jour sa venue en permission. La mort apparaissait comme une éternelle hésitation entre « jamais » et « toujours ».

La mort, c'était la fin d'une complicité, la fin d'expéditions comme à la fête de Jeanne d'Arc à Orléans.

La mort, c'était le vide. Vertigineux.

La mort, c'était la guerre. La guerre, c'était la mort.

Et puis, parfois, l'espoir revenait. Éliane se disait que le garde champêtre n'avait apporté qu'un bout de papier. Depuis quand une paperasse décidait-elle de la mort de quelqu'un ? Éliane se révoltait alors. Peut-être que le vieux écrivait ses lettres de malheur en cachette et les distribuait pour blesser les gens. Elle le haïssait dans ces moments-là.

Son cœur s'affolait de temps en temps à la silhouette d'un soldat sur l'avenue de la Gare.

Le souvenir de son père à la portière du train lui revenait en tête. Éliane le revoyait nettement, agitant sa main. Elle entendait ses dernières paroles : *« Adieu. Là où je vais, c'est l'enfer. Je ne reviendrai pas. »* Il savait donc qu'il allait mourir.

Ce vendredi-là, sa mère était partie au cimetière. Elle avait une tombe à creuser et, une fois de plus, Éliane devait garder les petits. Depuis l'affaire du poupon, Marcel n'était plus aussi agressif, comme s'il avait compris qu'il était allé trop loin. Éliane était assise à la table et épluchait encore des pommes de terre. Elle travaillait avec des gestes mécaniques. Soudain, on frappa à la porte.

– Entrez !

Le facteur apportait un colis en carton de la taille d'une boîte à sucre. Éliane aurait voulu l'ouvrir tout de suite car c'était un envoi du ministère des Armées. Un tampon l'affirmait. Un nouvel espoir, très faible, venait de s'incruster dans ses pensées.

Mérine arriva quelques instants plus tard. Elle saisit aussitôt le paquet. Éliane aurait voulu s'approcher mais elle se méfiait des réactions de sa mère depuis quelques semaines. Mérine n'avait jamais été vraiment tendre, là, elle était devenue franchement dure. Éliane la regarda donc faire, assise de l'autre côté de la table.

Mérine déchira le papier qui enveloppait l'objet. Elle souleva le couvercle, retira une feuille de papier et se remit aussitôt à pleurer.

Éliane essaya de se surélever pour voir. Elle reconnut la montre de son père, le verre cassé.

C'était une simple montre au boîtier de métal argenté. Joannès l'attachait à sa poche par une chaîne d'une vingtaine de centimètres de long. Il ne s'en séparait jamais.

Mérine prit la montre avec de tels efforts qu'on aurait pu la croire immensément lourde. Elle sortit ensuite le couteau au manche de laiton jaune gravé d'une silhouette féminine. Puis ce fut au tour du mouchoir où le sang coagulé dessinait une large tache. Mérine l'étala sur la table, passa sa main dessus à plusieurs reprises.

Le carton contenait aussi les dernières lettres reçues. Éliane reconnut la carte qu'elle avait envoyée dès le lendemain de son départ, celle où elle avait écrit : *Reviens-nous vite.*

Sur la feuille de papier qui se trouvait dessus, on annonçait que le canonnier Joannès Prudhomme était mort et enterré dans un village proche de Reims : Verzenay.

Quelques semaines plus tard, Mérine reçut une nouvelle lettre de l'armée. C'était la citation de son mari à l'ordre du régiment.

Éliane avait lu cette lettre tapée à la machine à écrire :

ORDRE GÉNÉRAL N° 76

Le général LEJAILLE, Commandant la 97e Division, cite à l'ordre de la Division :

Le Canonnier PRUDHOMME, de la 41e Batterie du 30e Régiment d'Artillerie.

Excellent Artilleur. Très bon soldat. Agent de liaison dévoué et intrépide, frappé mortellement à son poste par un obus, le 3 juillet 1916.

Cette feuille était pleine de majuscules. Éliane se sentit fière quelques instants, mais la douleur étouffa vite ce sentiment. Elle se mit alors à haïr la guerre comme jamais.

9

Les habitants de Mondoubleau achevaient de rentrer leurs provisions d'hiver et les granges étaient bourrées de bois sec.

Mérine ne touchait qu'une maigre pension et cela ne lui suffisait pas pour subvenir aux besoins de sa famille. Elle travaillait toujours au cimetière et cette tâche harassante ne lui rapportait pas grand-chose. Cela ne pouvait durer.

De son côté, Éliane ne savait plus où trouver cette tendresse qui lui manquait tant. Bien sûr, elle aimait toujours Lucienne mais l'affection qu'elles éprouvaient l'une pour l'autre ne comblait pas le vide. Avant, Éliane supportait le manque des câlins de son père car elle espérait les retrouver un jour. Maintenant, l'attente n'avait plus cours. Alors elle venait de temps en temps vers sa mère qui, si elle ne la rabrouait pas, ne l'accueillait pas avec grand plaisir.

Ce soir-là, comme d'habitude, Éliane prit Mérine par le cou et approcha ses lèvres de sa joue. Soudain, sa mère la repoussa sans ménagement et lâcha :

– Tu m'agaces avec tes fricassées de museau !

Éliane reçut ces mots comme un coup de poignard. Elle gagna son lit en titubant. Elle souffrait trop. Alors, elle se promit de ne plus jamais embrasser sa mère.

Quelques jours plus tard, Mérine annonça :

– Demain, Éliane, tu resteras avec Lulu et Marcel toute la journée. Mémère Cousin viendra vous voir et vous donnera à manger à midi. Moi, je vais chercher des gosses à Paris, au bureau de placement. Le travail au cimetière ne peut plus durer...

Ainsi c'était ça. Éliane comprit pourquoi sa mère s'était procuré un landau et deux petits lits. La maison n'était pas grande et ces nouveaux meubles avaient pris une bonne partie de la place restante.

Elle avait d'abord cru qu'un petit frère ou une petite sœur arriverait bientôt. Elle en fut surprise et se demanda comment cela se pouvait alors que son père n'était plus là.

Le lendemain, lorsqu'elle se réveilla, Éliane se retrouva seule à la maison avec Lucienne et Marcel. Mémère Cousin vint les aider à préparer leur petit déjeuner, à faire leur toilette puis à s'habiller.

Lucienne et Marcel se mirent à jouer dans leur coin. Éliane, elle, resta auprès de la vieille femme. Elles parlèrent d'abord de futilités.

Soudain, Éliane raconta la scène d'un de ces derniers soirs, lorsque sa mère l'avait repoussée. Mémère Cousin l'écouta avec attention. Une fois Éliane arrivée au bout de ses explications, la vieille femme prit une grande inspiration puis déclara :

– Tu... Tu sais, ta maman est très malheureuse. Faut la comprendre. Elle n'a plus ton papa pour l'aider à vous élever. C'est très dur pour une femme d'élever seule trois enfants. Et puis, elle aimait beaucoup ton papa...

Mémère Cousin continua d'argumenter. Éliane l'écouta sans broncher puis, lorsque la vieille femme arriva au terme de son discours, elle souffla :

– N'empêche...

La conversation emprunta alors une autre direction. Plus neutre. Moins blessante.

La journée passa vite et Mérine revint tôt. Les enfants n'avaient pas encore mangé. Elle franchit le seuil, un « paquet » de tissu sur le bras gauche et une valise dans l'autre main. Un garçonnet de deux ou trois ans tenait aussi la poignée de la valise.

– Aide-moi, Éliane.

La fillette s'approcha du bambin, retira sa main de la poignée et s'empressa de prendre la valise qu'elle posa sur la table. Mérine alla porter le « paquet » de tissu sur le lit.

– Ouvre la valise et donne-moi un lange qui s'y trouve. Ensuite, tu enlèves son manteau au gamin. Il s'appelle Marcel.

« Allons bon, pensa Éliane. Pourvu que ce Marcel-là soit pas aussi pénible que le premier. »

Marcel se montra en fait très doux, craintif même, et il baissa la tête pendant tout le temps qu'Éliane s'occupa de lui. Quand il fut prêt, elle l'assit sur une chaise où il resta sagement. Des pleurs retentissaient depuis déjà un bon moment et, lorsque Éliane apporta le lange, elle découvrit un nourrisson, une fille, qui n'avait guère qu'un mois.

– Elle s'appelle Louise. C'est la sœur de Marcel. Louise et Marcel Chailloux.

Deux nouveaux enfants rejoignirent la maison Prudhomme un peu plus tard : Jeanne Vallin, du même âge que Louise – un mois –, et, surtout,

Gérald Davy, qui avait seulement un jour à son arrivée et qu'Éliane prendrait en affection plus que les autres.

Le temps passa.

Marcel Prudhomme fréquentait enfin l'école. Cette fois, c'était celle des garçons, tout en haut du village, près du marché aux veaux et moutons. Lucienne aurait bientôt trois ans. Éliane venait d'en avoir neuf.

Elle allait au catéchisme maintenant et, à Noël, se rendrait pour la première fois avec les autres du catéchisme au château de la Maléclèche, sur la route de Souday. Là, le châtelain lui donnerait un sou, comme le voulait la tradition. Éliane était fière d'aller au catéchisme, même si certaines choses la gênaient. La sœur enseignait qu'il y avait l'enfer et le paradis dans l'au-delà. L'enfer était réservé aux méchants et elle se souvenait très bien des dernières paroles de son père. « Là où je vais, c'est l'enfer. » Pourtant, Joannès était bon. Pourquoi était-il allé en enfer ? Éliane n'oserait jamais poser la question.

Éliane accompagnait parfois sa mère sur la route de Saint-Agil où elles coupaient du bois. La tâche était très rude. Mérine débitait les trognes* des haies. Ces arbres avaient beau être morts, les abattre demandait une énergie formidable et Mérine ne pouvait se passer de l'aide même limitée de son aînée.

Ces jours-là, les petits étaient confiés à la garde de Mémère Cousin. Le reste du temps, Éliane les surveillait quand sa mère ne pouvait pas. Ainsi, elle s'y attacha très vite, en particulier à Gérald, plus petit, plus fragile.

Elle le trouvait beau, et puis il était adorable. Elle aimait lui donner le biberon. Pour cela, elle s'installait à côté du lit de sa mère, sur une chaise, le bras gauche contre l'édredon de tissu rouge. Éliane savourait ces moments de paix où, détendue, elle échangeait regards et sourires avec le nourrisson.

Elle aimait les petits mais trouvait que, parfois, ils lui prenaient un peu trop de temps et

* Troncs d'arbres morts inclus dans une haie.

l'empêchaient de jouer dans la rue, où elle avait retrouvé le rire grâce à Régine.

Ce jour-là, un jeudi, Mérine était partie laver le linge au lavoir de la route de Saint-Agil. Sept enfants lui donnaient un travail considérable et sa brouette était lourde lorsque, au retour, elle rapportait le linge mouillé.

C'était le début de l'après-midi. Régine entra :

– Eh ! Tu viens, Éliane. On va jouer.

– Attends ! Je couche les petits, j'attends qu'ils s'endorment et j'arrive...

Éliane ne perdit pas de temps. En dehors de son frère, tout le monde se retrouva bientôt au lit. Il ne restait plus qu'à attendre que chacun s'endorme. Cela ne tarda pas pour la plupart. Hélas, Louise – que tout le monde appelait Louisette – ne cessait de s'agiter. Bientôt, elle se mit à pleurer et Éliane eut peur de la voir réveiller les autres. Alors, elle la berça mais, dès qu'elle cessa, Louisette pleura à nouveau. Elle lui donna sa sucette puis recommença à la bercer. Comme le nourrisson se remettait à pleurer au moindre arrêt du mouvement, Éliane trempa la sucette dans le sirop que lui avait donné sa mère. Le « remède » ne fut guère efficace. Excédée, elle plongea une dernière fois la sucette dans le sirop et l'enfonça un bon coup dans la bouche de Louisette qui se tut aussitôt.

Satisfaite, Éliane put enfin rejoindre Régine.

Mérine arriva en courant avant même qu'elles aient commencé leur jeu.

– Ça va ? demanda-t-elle à sa fille.

– Ça va. Mais qu'est-ce que tu fais là ? Tu as déjà fini ?

– Non, j'ai oublié mon savon.

– Alors fais pas de bruit. Je viens de calmer Louisette qui arrête pas de brailler.

Mérine entra dans la maison et, quelques secondes plus tard, Éliane entendit Louisette hurler. Un cri strident, violent. Elle se précipita à son tour dans la maison. Là, elle trouva sa mère tenant Louisette tête en bas, la secouant encore. Éliane ne comprenait pas. Mérine reposa le bébé dans le berceau et demanda à sa fille d'approcher. Éliane était fâchée car Louisette venait de réveiller tout le monde. Sa mère l'attrapa par l'épaule et la frappa violemment. Ce faisant, elle hurla :

– Tu te rends compte ! Non, mais tu te rends compte ! Tu as failli tuer Louisette. Tu as trop enfoncé la sucette et, si j'avais pas oublié mon savon, si j'étais pas arrivée à temps, elle serait morte étouffée. Non, mais tu te rends compte ! Tu te rends compte !

Mérine cessa de crier mais n'arrêta pas les coups pour autant. Elle frappait à main nue partout où elle pouvait, encore plus fort qu'avec son battoir au lavoir. Il fallait qu'elle passe sa fureur, qu'elle domine sa peur rétrospective. Éliane se protégea comme elle put et reçut la raclée de sa vie. Elle tenta de se protéger tout en jurant qu'elle ne l'avait pas fait exprès, qu'elle ne savait pas. Finalement, la colère de Mérine s'apaisa. Elle regagna le lavoir et Éliane n'alla pas jouer avec Régine. Elle n'irait plus jamais. Elle recoucha tout son monde. Même son frère rentra. Il ne se coucha pas mais s'installa à la table, où il bricola en silence. Éliane berça Louisette tout l'après-midi, regardant sans cesse si elle ne s'étouffait pas.

L'été 1918 était terminé depuis près d'un mois. La guerre, elle, continuait. Toujours aussi éloignée. Toujours aussi présente. Toujours aussi cruelle. Les tournées du garde champêtre ne connaissaient pas de répit, même si le vieil homme traînait de plus en plus le pas. La plupart des familles étaient touchées maintenant. Un ou plusieurs morts ou disparus chez un grand nombre. Des blessés graves chez les plus « chanceuses ». Quelques amputés étaient revenus à Mondoubleau. Plusieurs plus ou moins défigurés aussi. Tous étaient réformés et, malgré leur handicap, semblaient s'en réjouir, même si leur regard se perdait parfois dans un lointain douloureux. Éliane pensait souvent qu'elle aurait préféré que son père revienne ainsi. Il serait au moins là. Diminué, certes, mais cœur et tendresse intacts.

Une nouvelle guerre s'était cependant déclarée : celle contre la grippe espagnole. Elle ne se montrait pas moins cruelle. Cette fois, si l'ennemi demeurait invisible, il errait au cœur du village et frappait avec la même férocité. Le nombre de malades était très important. Les morts s'ajoutaient aux morts. Des morts qu'on enterrait en hâte dans le cimetière où les fossoyeurs s'activaient sans relâche.

À la maison Prudhomme, tout le monde était alité. Seule Éliane résistait encore.

Depuis plusieurs jours maintenant, la fillette soignait les autres ainsi que Mémère Cousin, touchée elle aussi. Elle n'allait plus à l'école, accomplissait sa tâche sans rechigner. Chaque jour, le docteur Delierre passait, auscultait et prescrivait des médicaments. Le pharmacien les préparait, indiquait sur chaque contenant le nom de la préparation, celui du patient et la quantité à administrer. Éliane obéissait à la lettre et en tirait une certaine fierté.

Ce matin-là, elle achevait la première tournée de soins. Mérine allait mieux, même si elle ne pouvait pas encore se lever. C'était un matin calme, le premier depuis plusieurs jours. Même Marcel Prudhomme demeurait sage. Éliane n'avait plus qu'à s'occuper du petit Guy Soullac, un bébé de deux mois arrivé quelques semaines plus tôt. L'enfant restait très sage dans son berceau.

Éliane s'approcha. Il reposait sur le côté, comme elle l'avait couché la veille au soir. Elle le prit sous les bras, l'allongea sur la couverture étalée sur la table. Il n'ouvrit pas les yeux. Elle saisit ses poings fermés et s'exclama :

– Bouh ! Tes mains sont gelées, mon pauvre Guy !

– Évidemment, grogna Mérine depuis son lit. Tu l'as mal couvert hier soir. Donne-le-moi.

Éliane tendit l'enfant à sa mère, dont le visage changea aussitôt.

– Mais... mais il est mort...

Il régnait un silence presque irréel dans la pièce. Éliane encaissa le coup sans broncher.

Quelques minutes plus tard, elle changeait le bébé après que sa mère lui eut ordonné de l'habiller avec ses affaires de fête. Éliane n'avait pas peur. Ainsi, c'était ça la mort. Une sorte de sommeil serein. Car, pour elle, Guy dormait. Bien sûr, son corps n'était pas souple mais il ressemblait à celui d'une poupée.

Guy était maintenant vêtu de ses plus beaux habits. Éliane n'avait plus qu'à lui nouer le ruban de son bonnet blanc bordé d'une fine dentelle. C'était difficile. Elle n'arrivait pas à tourner la tête de l'enfant. Mérine s'énervait dans son lit et la troublait. Soudain :

– Passe-moi Guy. Je vais lui attacher son bonnet.

Éliane la regarda faire avec une indifférence lointaine. La fillette recoucha ensuite l'enfant dans son berceau puis partit à la mairie déclarer le décès.

– Comment il est ton mort ? demanda l'employé communal.

– Comme une poupée, expliqua Éliane, accompagnant ses paroles d'un mouvement de mains.

– Viens avec moi !

La fillette sur les talons, l'homme regagna le rez-de-chaussée, entra dans une remise encombrée de cercueils de bois blanc. Il en prit un petit, le plaça sous son bras sans précaution particulière et quitta la mairie.

Éliane et l'homme n'empruntèrent pas le chemin le plus court pour rejoindre la maison Prudhomme. Il leur fallait en effet passer par le cabinet du docteur Delierre. Le médecin était là. Il les accompagna aussitôt.

L'employé de la mairie regarda faire le médecin avec indifférence. La mort, il connaissait, lui. C'était une partie de son métier. Le docteur Delierre ne resta pas longtemps. Il regarda à peine l'enfant, griffonna un bout de papier puis partit s'occuper de ceux qui luttaient encore. Le fonctionnaire demanda alors :

– Vous auriez pas un drap ?

Mérine indiqua l'armoire et, après l'effort habituel que réclamait l'ouverture de la porte mal ajustée, Éliane donna l'objet.

L'employé municipal enroula l'enfant dans le linceul. Éliane n'avait toujours pas peur. Il glissa ensuite Guy dans le cercueil, dont il vissa le couvercle. Puis il remit la boîte sous son bras. Mérine expliqua :

– Ma fille va aller avec vous pour savoir où il sera.

Quelques minutes plus tard, l'homme entra dans le cimetière. Éliane le suivait en silence. Ils arrivèrent près de trois trous fraîchement creusés. Deux grands et un petit. Un homme assez âgé, les cheveux gris, se tenait là, appuyé sur le manche de sa pelle. Il se redressa quand il les aperçut. Éliane le reconnut : c'est lui qui remplaçait sa mère depuis qu'elle gardait des enfants. Elle eut envie de lui sourire.

L'employé communal tendit le cercueil au fossoyeur. L'homme le prit, s'agenouilla et le glissa au fond du trou. Une fois redressé, il empoigna sa pelle, l'employé communal en saisit une aussi et ils commencèrent à ensevelir le cercueil.

Le bruit de la terre sur la boîte sortit Éliane de sa torpeur. Soudain prise de panique, elle hurla :

– Non ! Faut pas ! Faut pas !

L'employé communal cessa alors sa tâche et lui conseilla :

– Va-t'en maintenant. Tu en as assez vu pour aujourd'hui.

Éliane était bouleversée. Quand elle arriva à la

maison, elle était en larmes. Elle se jeta sur le bord du lit de sa mère et sanglota :

– Je voulais pas qu'on mette de la terre. Le bruit de la terre, ça fait mal.

Mérine caressa la nuque de son aînée. Elle aussi pleurait.

10

La grippe espagnole finit par rendre les armes. Mérine se remit. Les autres enfants et Mémère Cousin aussi. Éliane passa au travers de l'épidémie.

Novembre égrenait ses premiers jours. Éliane venait d'avoir dix ans. Elle n'oubliait pas Guy au fond de son trou. Chaque fois qu'elle allait à l'herbe pour les lapins, en attendant les fleurs des champs de 1919, elle cueillait un bouquet de plantes sèches qu'elle trouvait belles, bouquet qu'elle déposait sur sa tombe. Chaque fois, elle pensait à son père, trop loin pour qu'elle puisse lui rendre visite.

L'atmosphère avait changé dans le quartier de la gare depuis l'arrivée des Américains. Ils avaient établi leur campement sur la route de Saint-Agil et avaient entreposé du ravitaillement près de la « petite vitesse ». Un important trafic de trains se produisait et les enfants venaient fréquemment quémander des victuailles. Les Américains étaient généreux et leur offraient, suivant les jours, une boîte de sardines, un morceau de chocolat ou une tête de chou.

Les élèves venaient de rentrer de récréation et Éliane lisait en silence. Soudain, les cloches sonnèrent à toute volée. Des éclats de voix et des chants retentirent bientôt dans la rue. Mademoiselle Bonin regarda par la fenêtre puis quitta la classe. Quelques instants plus tard, elle revint, bouleversée.

– Ah ! Mes enfants ! La guerre est finie. C'est l'armistice. On a congé aujourd'hui. Il n'y a plus d'école. Allez-vous-en !

Les élèves prirent leurs affaires puis se précipitèrent vers la sortie. Beaucoup riaient.

Alors mademoiselle Bonin réalisa qu'Éliane n'avait pas bougé. Elle la regarda. La fillette demeurait tête baissée. La maîtresse s'approcha. Elle lui souleva le menton. De grosses larmes roulaient sur les joues de l'enfant.

– Et toi, Éliane, faut t'en aller, ma grande. Va voir ta maman. Elle a besoin de toi.

Éliane obéit. Dehors, elle rencontra les gens en liesse. Le bossu de Cormenon déambulait avec son tambour qu'il frappait de toutes ses forces, sans se préoccuper de rythme. Un autre gars passait plus loin et, armé de son accordéon, entraînait une bande d'adolescents dans son sillage.

Le cœur d'Éliane se déchira à mesure qu'explosait la joie des autres. Une blessure ignoble. Le visage de Joannès brouillait son regard.

Une fois de plus, Éliane se dit qu'elle n'aurait jamais voulu être grande.

Ce ne serait pas la dernière. Il en serait ainsi toute sa vie. Et pas seulement chaque année, lorsqu'elle viendrait fleurir la tombe de son père, dans le cimetière de Verzenay...

Si ce livre t'a plu,
lis ces quelques pages
de Bertrand Solet

Bastien, gamin de Paris

n°3 de la collection

Extrait

Juillet 1870

Thomas m'appelle au bas de l'escalier :

– Viens-tu ?

– Non.

– On a le temps de faire un tour avant de se coucher.

– Non.

– Je te paye un cochon en pain d'épice.

– Non.

– Je pars seul alors...

– C'est ça.

La porte claque, il est parti. Tant pis.

Car je dois me décider à la fin... Depuis le jour déjà lointain où je l'ai acheté pour un sou, ce cahier jaune aux pages vides m'attire irrésistiblement. Il traîne dans ma chambre ; dès que je le retrouve dans quelque coin, caché sous un habit ou au fond d'un tiroir, l'envie me prend de m'asseoir tout de suite à une table, de l'ouvrir en face de moi, et d'écrire...

d'écrire tant de choses que souvent j'ai besoin de confier... Hélas ! cela n'est guère facile : lorsque dix à douze heures d'affilée on manie la varlope ou le riflard dans l'atelier paternel, les doigts hésitent le soir à saisir une plume. On préfère sortir, ou se coucher.

Aujourd'hui, je commence. Car il nous arrive véritablement des événements curieux, valant la peine d'être racontés.

Mais d'abord, que je me présente : Sébastien Blanchard, quatorze ans, fils de Louis-Adrien Blanchard, menuisier-ébéniste, établi dans le faubourg Saint-Antoine où il a vu le jour, juste à côté de la Bastille. Fils aussi de Palmyre Blanchard, née Dufresnoy, originaire de Montreuil-les-Pêches, dans la grande banlieue parisienne.

Ma mère prépare nos repas, fait nos lits, raccommode le linge et le reste du temps s'occupe des gros travaux du ménage chez monsieur Colson, un vieux savant, membre de l'Institut, qui habite avec sa femme et sa petite-fille une ruelle paisible donnant sur le boulevard Voltaire, tout proche.

Je n'ai qu'un frère : Robert, ouvrier, lui aussi à la menuiserie paternelle. Il est plus âgé que moi, étant né le 2 décembre 1851 ; une drôle de date : celle du coup d'État de Napoléon III, notre empereur, que l'on appelle « le petit » à la maison (comme le fait Victor Hugo, le grand poète exilé).

Car nous sommes farouchement républicains dans la famille.

À propos de cette date de naissance de Robert, mon père a d'ailleurs l'habitude de dire, en manière de boutade :

– Il nous est tout de même arrivé une bonne chose, durant cette maudite journée.

Et il regarde Robert avec un sourire ému. Il est fier de lui, et nous tous aussi, car mon frère est un beau garçon, large d'épaules, calme, courageux, toujours empressé à rendre service lorsque le besoin s'en fait sentir. Il travaille très bien, ayant accompli son tour de France en compagnonnage, apprenant dans chaque province les coups de main et les secrets du métier.

Les sentiments républicains de mon père inquiètent maman. Elle a peur des conséquences... Elle ne vit plus, les jours d'agitation, comme en janvier dernier, quand mon père est allé à l'enterrement de Victor Noir, ce journaliste assassiné par le cousin de l'Empereur. Il y avait là des milliers de personnes indignées et la police impériale a chargé la foule, l'épée à la main. Un mauvais coup est si vite arrivé...

Après les charges de la police, le sol est toujours couvert de casquettes, de chapeaux, de cannes... À ce propos on raconte même qu'il y avait récemment encore un fripier malin, guettant toutes ces occasions pour ravitailler son commerce à bon compte. Cela a duré jusqu'au jour où il reçut à son tour un coup de canne plombée sur la tête. Depuis, paraît-il, ce fripier ne participe plus aux manifestations républicaines.

Voilà que je m'égare...

Je n'ai pas l'habitude d'écrire, d'ordonner mes phrases dans une suite logique où tout s'enchaîne parfaitement. En relisant les premières lignes de ce cahier, je m'aperçois que j'ai oublié beaucoup de choses ; j'aurais voulu vous raconter le Faubourg si vivant, vous parler un peu plus de Robert, et aussi de mon inséparable compagnon, Thomas, apprenti comme moi, un brave garçon à la figure toute ronde, si bon mais quelquefois un peu lourdaud, fils d'une famille de maraîchers installée au village de Montreuil où est née ma mère... Je n'ai pas encore évoqué non plus Clémence, la petite-fille de monsieur Colson, une blonde demoiselle de dix-sept ans, vêtue de robes claires, la capeline tombant sur les épaules, jolie et souriante, dont mon frère est amoureux fou depuis toujours.

Je me souviens : moi aussi, lorsque j'étais plus jeune, j'accompagnais souvent ma mère chez monsieur Colson. Moi, je ne m'extasiais pas devant leur petite-fille, mais devant les immenses armoires débordantes de livres du savant. Pendant que maman travaillait, monsieur Colson me laissait m'asseoir sur une chaise et sortait pour moi de la bibliothèque un gros bouquin jauni, bien lourd, avec sa bonne odeur de vieux papier. Le livre ouvert m'offrait ses merveilles : les gravures décrivaient des paysages lointains, on y voyait des navires, voiles gonflées, voguant sur des mers inconnues, on y racontait la vie des hommes, rouges, noirs, jaunes, à l'autre bout du monde...

Je crois que c'est à cause de ces souvenirs que j'ai envie d'écrire, moi aussi.

Voilà encore mes pensées égarées... J'ai dit tout à l'heure que je voulais parler d'une aventure qui a débuté, pour Thomas et moi, voilà trois jours. Il est temps maintenant de la raconter.

souris

Dans la même collection

Achevé d'imprimer sur Cameron
par Bussière Camedan Imprimeries
à Saint-Amand-Montrond
Conception graphique couverture : Didier Thimonier
Dessin de la Souris noire : Lewis Trondheim
Typo dessinée par Anne Ladevie
Dépôt légal : février 1998
ISBN : 2-84146-526-8
N° d'éditeur : 1582
N° d'impression : 98897/1